Anonymous

Die verhängnisvolle Erbschaft

Anonymous

Die verhängnisvolle Erbschaft

ISBN/EAN: 9783743360891

Hergestellt in Europa, USA, Kanada, Australien, Japan

Cover: Foto ©Andreas Hilbeck / pixelio.de

Manufactured and distributed by brebook publishing software (www.brebook.com)

Anonymous

Die verhängnisvolle Erbschaft

Die Verhängnissvolle Erbschaft.

Eine amerikanische Erzählung

für die

reifere Jugend und das Volk.

Von H. S.

Cincinnati, St. Louis und Chicago.
Verlag von Walden und Stowe.
1882.

(The Fatal Inheritance.)

Die verhängnißvolle Erbschaft.

Erstes Kapitel.

Der Tag, ein herrlicher Montag, neigte sich zu Ende. Da fuhr ein schwer beladener Schooner, bemannt von drei Mann, in eine der kleinsten, zugleich aber auch der schönsten Buchten des St. Lawrence. Zwei Landzungen, halbmondförmig vom Ufer auslaufend, schlossen den Hafen in anmuthigen Bogenlinien ein.

Das Ufer zwischen den beiden Landzungen war sandig und steinig und erhob sich sodann zu kleinen Erhöhungen, die mit dem üppigsten Pflanzenwuchs bedeckt waren. Etwas weiter zurück sah man den wilden, noch ungelichteten Wald im vollen Schmuck des sommerlichen Grüns, das sich malerisch abhob vom Blau des Horizontes.

4 Die verhängnißvolle Erbschaft.

Zwei der Insassen des Bootes zeigten sich als das Gepräge von Männern von Stand, nach ihrer Kleidung sowohl als ihrer ganzen Haltung und ihrem Auftreten; der Andere war ein Schiffer, wohl kundig in Leitung und Handhabung eines Bootes, die ganz ihm oblag, während die beiden Herren nachlässig im Boote zurückgelehnt dasaßen, ihre Havanna rauchten und nur hie und da eine Bemerkung über die sie umgebende, prachtvolle Scenerie machten.

Beide konnte man, sozusagen, schöne Männer nennen, obgleich ihre Schönheit etwas ganz Verschiedenartiges hatte. Otway Gregory, der Eigenthümer des Bootes, war etwa dreißig Jahre alt. Sein Gesicht war umrahmt von schwarzem Haar und Bart und ein Paar dunkle, lebhafte Augen verliehen seinem Gesicht etwas Besonderes, Anziehendes, ohne daß sie gerade von besonderer Stärke des Charakters zeugten.

Der Andere war groß und stark gebaut; seine Stirn war hoch und wohlgebildet und Locken kastanienbraunen Haars überschatteten sie. Seine Augen erhielten durch die dichten Brauen etwas Düsteres, obwohl sie hell und freundlich in die Welt hineinblickten. Sein Gesicht hatte einen freien und bestimmten Ausdruck, vermischt mit

Güte und wohlwollender Anmuth. Einem scharfen Beobachter mußte das Ruhige, Gleichmäßige und Beharrliche in seinem ganzen Wesen den Eindruck großer innerer, moralischer Kraft machen. Das war Dr. Merton. Er stand etwa im selben Alter mit seinem Freunde Otway. Sie waren miteinander auf einer Schule zu Toronto gewesen, hatten dann zwei Jahre eine englische Universität besucht und hatten zu gleicher Zeit ihre Laufbahn begonnen; der Eine als geschickter Architekt, der Andere als tüchtiger, zu den besten Hoffnungen berechtigender Arzt, beide in der Stadt Montreal. Sie waren Beide verheirathet; aber während Herrn Gregory's Ehe mit drei Kindern gesegnet war, blieb Dr. Mertons Ehe kinderlos. Der Doktor hatte an jenem schönen Maitage Feiertag gemacht, um seines Freundes Gattin und Kinder zu besuchen, deren ältester und einziger Sohn sein Pathe war.

Gregorys hatten seit ihrer Verheirathung in Montreal gewohnt, bis Frau Gregory durch den Tod eines Onkels, ihres einzigen Verwandten, die Erbin eines hübschen kleinen Landhauses mit sechs Acker Landes wurde.

Sie hatten deßhalb die Stadt verlassen und wohnten nun auf ihrem Gute. Es lag nur drei Meilen von der Stadt entfernt, wohin Herr Gregory sich jeden Morgen begab, entweder in seinem Boote oder zu Wagen, um am Abend wieder zu seinem hübschen Heim und seinen Lieben zurückzukehren.

Sein Freund, der Doktor, hatte sein neues Heim noch nicht gesehen. So konnte es denn nicht fehlen, daß er, als sie landeten und er das reizend gelegene Haus erblickte, ihm volles Glück wünschte zu einem so entzückenden Besitzthum.

Das Haus, aus rothen Backsteinen, stand auf einer kleinen Anhöhe. Ein schöner, wohlgepflegter Garten umgab dasselbe. Die Verandah auf der einen Seite des Hauses war bedeckt von Kletterrosen der verschiedensten Art. Frau Gregory mit ihren Kindern befand sich auf der Verandah. Sobald das Boot die Haltstelle berührte, erscholl fröhliches Jauchzen aus drei Kinderkehlen, und in schnellem Jagen ging es an's Ufer hinab, den Vater, den geliebten Vater nebst seinem Freunde zu begrüßen. Rasch, wie sie nur konnte, folgte Frau Gregory ihren Kindern, um ihres Gatten Freund, Dr. Merton, für den sie besondere Verehrung hegte, zu bewillkommnen. Er hatte in allen ihren Krankheiten ihrer gewartet und sie wußte wohl, daß

sie ohne ihn, ohne seine Geschicklichkeit und auf=
opfernde Pflege in ihrer letzten schweren Krank=
heit nie mit dem Leben davongekommen wäre.
Sodann war er ja auch der Taufpathe ihres
Erstgebornen, und obgleich Eva und Lydia, ihre
Töchter, ihre volle Liebe und Fürsorge genossen,
schien es doch, als ob dieser kleine Knabe einen
ganz besonderen Platz in ihrem Herzen besäße.
Trotzdem hatten sie beide zuviel gesunden Ver=
stand, ihn zu verziehen und zu verderben. Deß=
halb waren sie Beide sehr streng mit ihm, und
zeigten es ihm auf keine Weise, daß sie ihn mehr
liebten als seine Geschwister. „Oh! wie gütig
ist es von Ihnen, Doktor," rief Frau Gregory,
indem sie ihm beide Hände entgegenstreckte, „uns
zu besuchen. Ich zankte mit Otway seit dem
letzten Monat jeden Tag, daß er Sie nicht mit=
brachte. Doch warum haben Sie Frau Merton
nicht mitgenommen?"

„Oh! sie hat ihren Staat fertig zu machen
für morgen zur Taufe von Frau Harcourts
Erstgebornem. Wenn Sie erlauben, bringe ich
sie Ihnen nächste Woche, d. h. wenn meine Pa=
tienten sich für einen Tag gut halten. Ich
wünsche Ihnen Glück, Frau Gregory, zu Ihrem
lieblichen Heim und den Rosen auf Ihrer Kinder

und Ihren eigenen Wangen. Der Tausend! Edwin ist zwei Zoll gewachsen seit ich ihn zuletzt gesehen!"

„Ich bin ein Mann," schrie Edwin, „und ebenso gut und brav als Papa."

„Ich hoffe, du wirst ein besserer Mann denn ich," erwiderte dieser. „Es wird besser sein, du nimmst dir deinen Taufpathen zum Muster. Er ist viel besser und tüchtiger als dein Papa."

„Ich glaube nicht, daß es Jemand giebt, der besser ist als mein Papa und meine Mama," sagte Edwin. „Ich weiß, mein Pathe ist auch gut, aber ich will, daß mein lieber Papa der Beste ist."

„So ist es recht," sagte der Doktor, „laß nie Jemand über deinem Papa stehen, mein Junge, wer immer es auch sein mag. Ich weiß, du wirst deinem Vater und deinem Namen Ehre machen, und ich bin stolz, dich mein Pathenkind zu nennen."

„Wie geht es Frau Harcourt?" fragte nun Frau Gregory. „Sie hat eine kleine Tochter? Nicht wahr?"

„Ja, es ist eine Tochter. Doch kann ich nicht einsehen, weßhalb diese Leute ein solches Aufheben davon machen. Aber es ist bei diesen

Damen immer so; bei'm Erstgebornen, vielleicht auch bei'm Zweiten, meinen sie, sie müssen eine große Taufgesellschaft geben. In Frau Harcourts Falle ist es durchaus nicht recht, denn sie ist nicht gesund genug dazu; doch sie und ihr Gatte überstimmten mich und so sagte ich ihnen denn, sie sollten, wenn es schlecht ausfiele, nicht mich dafür verantwortlich machen, sondern nur sich selbst die Schuld zuschreiben."

„Nun, wir wollen hoffen, daß Alles gut geht," erwiderte Frau Gregory. „Ohne Zweifel wird sie die Stadt bald verlassen. Ich bin nicht sehr intim mit ihr befreundet, oder ich würde sie einladen, uns auf eine Woche zu besuchen. Ich dächte, es dürfte ihr gut thun."

„Ja, in mehr denn einem Sinne," antwortete der Doktor, indem sich ein Schatten von Traurigkeit über sein offenes Gesicht legte. „Du bist mit Harcourt gut bekannt, Gregory? Du könntest ihn einladen. Ich wüßte seine Frau sehr gern für eine oder zwei Wochen unter dem guten Einfluß deiner Frau. Sie könnte ja, wenn er seine Zustimmung giebt, nächste Woche mit meiner Frau herauskommen, wenn diese Taufgesellschaft nicht einen Rückfall zuzieht, was ich gar sehr befürchte."

„Ich werde mit Harcourt nächsten Sonntag reden," sagte Gregory. „Doch nun, Lydia, mein Lieb, laß uns sobald du kannst zu Mittag essen. Ich bin hungrig und ich bin gewiß, der Doktor nicht minder, denn ich trieb ihn so schnell als möglich von Hause fort, aus Furcht, irgend ein Kranker könnte ihn mit Beschlag belegen."

Frau Gregory entfernte sich sogleich, um nach dem Essen zu sehen. Denn obgleich sie zwei Mägde hatte, war sie doch eine zu gute Hausfrau, um ihnen Alles zu überlassen, zumal wenn es galt, einen so theuren Gast, als Dr. Merton, zu bewirthen. Während sie den Mägden bei Zubereitung des Essens half, dachte sie über des Doktors Worte in Bezug auf Frau Harcourt nach. Wie sollte sie guten Einfluß auf Frau Harcourt haben, von der sie doch wußte, daß sie weit über ihr stand.

Frau Harcourt war die Tochter eines der einflußreichsten Männer von Montreal und war an einen der Reichsten der Stadt verheirathet, den man in jeder Hinsicht einen glücklichen Mann nennen konnte. Wie sollte sie Einfluß üben auf diese Frau? Sie wollte ihren Gatten darüber befragen, der mehr von der Familie wußte als sie selbst; doch dies wußte sie, daß es sie glücklich machen würde, wenn sie Frau Harcourt in irgend einer Weise dienen könnte.

Nach dem Essen, als Doktor Merton erklärte, er hätte genug für Zwei gegessen, gingen sie in den Garten und die Felder. Der Doktor konnte Alles nicht genug bewundern; das war in der That ein Heim, auf das man stolz sein konnte.

„Ich wollte nur," sagte er zu Frau Gregory, „ich hätte auch einen Onkel, der mir ein solches Eigenthum hinterließe."

„Ja in der That, der liebe Onkel Ralph war sehr gut gegen uns. Er hinterließ es uns ohne jede Bedingung, die so oft mit einer solchen Erbschaft verknüpft sind. Wir können es verkaufen oder weggeben, jeder Zeit, wie wir wollen."

„Es ist doch ausdrücklich Ihnen allein vermacht?" fragte der Doktor Frau Gregory.

„Ich gab es nicht zu, daß Onkel es so machte. Mein Gatte hat soviel Recht wie ich," antwortete sie. „Sollten Sie es glauben, daß dieser mir nicht einmal dafür gedankt hat? War das nicht höchst undankbar?" schloß sie lachend.

Was war es, das dem Herzen des Doktors auf einmal einen solchen Stich gab, als er diese Nachricht hörte? Man sagt, daß schlimme Ereignisse ihre Schatten voraus werfen. Dachte er vielleicht, daß dereinst ein Tag kommen würde, an dem es Frau Gregory bereuen würde, daß sie ihren Onkel seinen letzten Willen nicht hatte anders machen lassen, so daß Niemand sie aus ihrem Heim treiben konnte?

„Nun, Doktor," sagte Herr Gregory, „ich that mein Möglichstes, den alten Herrn zu überreden, bei seinem Entschluß zu beharren, aber meine Frau hatte mehr Einfluß und so kommt denn mein Name im Testament zuerst. Ich habe die gute Hoffnung, durch Arbeit den Platz zu heben und seinen Werth in ein oder zwei Jahren zu verdoppeln. Doch habe ich Lydia erklärt, sie sollte, wenn wir je durch meine Schuld den Platz verlören, nicht mich darum tadeln."

„Ich habe keine Angst davor," erwiderte fröhlich seine Frau, „ich weiß, du wirst thun, wie du sagst und unser Eigenthum wird sich von Jahr zu Jahr heben, und mit der Zeit können wir uns noch einen besseren Platz kaufen. Seit wir hier sind, hast du hart gearbeitet, früh am Morgen und spät am Abend, wenn du hättest ruhen sollen."

Herr Gregory meinte: „Es ist zum Erstaunen,

wie ganz anders man fühlt, wenn man sagen kann: Dies Haus und diese Felder sind mein."

„Ich habe diese Bemerkung schon oft zuvor gehört," sagte der Doktor, „es ist wunderbar, welchen Unterschied es bei einem Manne macht, ob er sein Eigenthum bewirthschaftet oder nicht; und er wird immer den Drang haben, es zu vermehren und verbessern. Doch kann dies nicht geschehen ohne Arbeit, sei es mit der Hand oder mit dem Kopf; denn Arbeit ist die Mutter des Reichthums. So hoffe ich, mit Gottes Segen, daß du die Früchte deines Mühens erntest."

Sie verlebten einige recht vergnügte Stunden mit einander, und als der Doktor nun sich zur Heimkehr rüsten mußte, bestürmten ihn Alle, doch ja recht bald wieder zu kommen. Denis, der Schiffer, sollte ihn im Boote zurückrudern. Herr Gregory hatte mehrere kleine Boote außer dem Schooner, den er nur benutzte, um die für Haus und Feld nothwendigen Dinge herbeizuschaffen. Der Schiffer, dem die Leitung und Aufsicht über die Boote oblag, wohnte nahe bei, und war immer froh, wenn er seinen Platz im Boote einnehmen konnte, denn nichts liebte er mehr, als auf dem Wasser zu sein. Denis ruderte die kleinen Boote entweder für seinen Herrn ober dessen Frau und Kinder fast jeden Tag, so oft das Wetter schön war.

„Ihr habt eine hübsche Gegend hier außen, mein Freund," begann der Doktor, „und braucht mich nicht oft in meiner Eigenschaft als Arzt."

„Gott sei Dank, nein, euer Gnaden, wir brauchen hier außen keinen Arzt und keine Arzneien, und es freut mich im innersten Herzen, diese lieben Kinder von Tag zu Tag rosiger werden zu sehen, und ebenso meine Herrin, Gott segne sie," sagte Denis. Ein Wunsch, dem Dr. Merton ein Amen aus vollem Herzen beifügte.

Zweites Kapitel.

Die große Taufgesellschaft war vorüber und Frau Dr. Merton in ihr glückliches Heim zurückgekehrt. Sie stand am Fenster, lauschend und wartend auf den Doktor, der noch nicht von seinen Krankenbesuchen heimgekehrt war. Da er schon den Donnerstag verloren hatte, erforderten seine Kranken jetzt doppelte Aufmerksamkeit.

Die Uhr schlug zwölf, und noch immer stand Frau Merton wartend am Fenster, verwundert, daß ihr Gatte heute so spät kam. Wie oft schon war er die ganze Nacht weg gewesen, ohne daß sie es besonders berücksichtigt, aber heute Nacht konnte sie nicht zu Bette gehen, sie mußte auf ihn warten, und mochte es noch so lange dauern. Eine schwere Sorge lag auf ihrem Gemüth und raubte ihr den Schlaf. Sie mußte ihm ihre

Besorgnisse entdecken, bevor sie zur Ruhe ging. „Kein Zweifel, er wird es nicht glauben wollen, und ebenso wenig würde ich es thun, hätte ich es nicht mit meinen eignen Augen gesehen."

„Guter Gott, daß Eine ihres Geschlecht sich so tief sollte erniedrigen, und sie, so jung und zum erstenmale Mutter."

„Ich konnte es an den Blicken der Dienerschaft sehen," rief Frau Merton im tiefsten Seelenschmerz, „es war nicht das erste Mal. Ich möchte nur wissen, ob die andern Damen es auch bemerkt haben. Und was sagte sie, die Unglückliche selbst darüber? Daß 'der Doktor ihr verordnete, jeden Tag etwas Brandy zu nehmen, ihr Kraft zu geben.' Ein Glas leichter Wein würde besser für sie sein, als dieses Gift. Die ganze Stadt wird morgen davon sprechen. Ich bin nur froh, daß ihre Mutter noch nicht wohl genug war, um zugegen gewesen zu sein. Wie würde es doch der alten Dame gewesen sein, wenn sie gesehen hätte, wie ihre Tochter Brandy trank wie ein Mann. Ihr Gatte, fürchte ich, ist nicht besser, denn er ging mit seinen Freunden in seine Höhle, wie er es nannte, um zu rauchen und zu trinken."

„Und erst ihr Vater, der alte Sünder,—Gott

verzeihe mir dieses Wort, — als ich ihm sagte, er möchte seine Tochter auffordern, sich in ihr Zimmer zurück zu ziehen, was sagte der: Oh, das macht nichts, Franziska hat Geschmack an guten Dingen, machen Sie sich keine Sorge darüber, Frau Merton, sie hat ohne Zweifel die Dosis, die ihr täglich vom Doktor verordnet ist, verdoppelt und morgen wird Alles wieder 'all right' sein. Welche Sünde! Welch' schlimmes Erbtheil giebt sie ihrem unschuldigen Kinde, denn wie die Kinder von Dieben, geborne Diebe sind, so die Kinder von Eltern, die dem Trunke ergeben sind, namentlich wenn die Mutter es ist, sind geborne Trinker, wenn nicht die Kraft des Allmächtigen Wache über sie hält von Kindheit an. Doch da kommt er endlich," rief sie aus, als das Geräusch eines rasch sich nähernden Wagens an ihr Ohr schlug. Einige Augenblicke danach trat der Doktor in's Zimmer, nicht wenig erstaunt, sein Weib wartend zu finden. Er sah auf den ersten Blick, daß Etwas sie bedrückte und eine Sorge auf ihr lag.

„Was in aller Welt, Gussie, giebt es, daß du noch nicht im Bette bist? Ich konnte nicht eher abkommen, ich hatte noch zwei schlimme Fälle im Hospital und mußte, nachdem ich meine

Runde in der Stadt gemacht, noch dahin gehen und nachsehen. Sag mir, was dich drückt? Ist es der Anblick des Neugebornen? oder hatte das Taufkind nicht die rechte Länge? oder —"

„Oh! Edwin, sei still," sagte Frau Merton und brach in bittere Thränen aus, indem sie sich in ihres Gatten Arme warf.

„Aber um's Himmels willen, mein liebes Weib, was ist heute Nacht mit dir los. Komm, Gussie, das sieht dir gar nicht gleich; ich dachte immer, mein Weib wäre über solche Schwächen erhaben; sag' mir, was es ist, das dich drückt?"

„Ich weiß, es ist eine Schwachheit, Edwin, aber ach, ich hatte einen so schrecklichen Anblick heute Abend, wie ich in meinem ganzen Leben keinen gesehen. Eine meines eigenen Geschlechts, Enie, die wir beide hochschätzen, ergiebt sich dem Trunke. Ich sah sie mehreremale Brändy trinken und sah die Wirkung davon. Sie entwürdigte sich selbst vor der Amme und den Dienern und nur mit großer Mühe brachten wir sie zu Bette. Sie benahm sich wie eine Rasende."

„Sprichst du von Frau Harcourt?" fragte der Doktor, während es schmerzlich in seinem Gesichte zuckte.

„Ja; ich wußte es wohl, daß du es kaum glauben würdest, wenn ich es nicht selbst gesehen. Es ist nur zu wahr, und das Schlimmste bei alledem ist, es ist nicht das Erstemal."

„Nun sage mir aber doch, wie das Alles kam," fragte der Doktor, indem er sein Weib näher zu sich heranzog.

„An der Tafel gab es alle Arten von Wein, Rum und Brändy. Als alle Gläser gefüllt waren, um die Gesundheit der Mutter und des Kindes zu trinken, sah ich, wie diese für sich selbst etwas Brandy eingoß und es mit Wasser vermischte. Es schien mir eine solch' große Dosis, daß es mich heiß dabei überlief. Mehrere Damen bemerkten es ebenfalls. Frau Harcourt, als sie die auf sich gerichteten Blicke sah, wandte sich zu mir und sagte: „Es geschieht auf Anordnung des Arztes, daß ich Brandy trinke, sonst würde ich ihn nicht anrühren. Er rieth mir schon vor einigen Monaten und sagte mir, ich solle damit fortfahren, zweimal täglich, solange ich mein Kind nährte."

„Oh, Edwin, warum hast du ihr dieses Gift verordnet? Konntest du nichts Anderes finden zu ihrer Stärkung? Denn so gewiß es einen Gott im Himmel gibt, Frau Harcourt wird den Weg zeitlichen und ewigen Verderbens dadurch gehen, und dir wird man die Schuld beilegen."

„Husch! Gussie! Das ist närrisches Zeug und grausam, so zu mir zu sprechen; es ist wahr, ich fand es für nothwendig, ihr ein Reizmittel zu verordnen; zwei bis drei Eßlöffel jeden Tag mit dem Weißen eines Ei's, aber seit ihrem Kindbett ließen wir das Eiweiß weg. Die kleine Quantität Brandy, die ich ihr zu nehmen verordnete, hätte ihr nicht geschadet. Bin ich dafür zu tadeln, wenn sie Geschmack daran findet, soviel zu trinken, daß sie sich selbst erniedrigt. Recht nett mir zu sagen, es sei meine Schuld. Wenn ich einem Kranken eine große Flasche voll Medicin verschreibe und ihm verordne, zwei- oder dreimal täglich davon zu nehmen und er ist nun ein solcher Narr, sie auf einmal zu nehmen, und es bringt ihn um, bin ich dann dafür zu tadeln?"

„Oh, Edwin, mein lieber Mann, sprich nicht so zu mir. Ich sage ja nicht, daß Alles deine Schuld ist, aber doch kam ihr die Lust und der Geschmack danach dadurch, daß du ihn ihr verordnetest. Als wir von der Tafel aufstanden, um uns in's Gesellschaftszimmer zu begeben, sah ich, wie sie noch ein Glas trank. Kurze Zeit darauf verließ sie das Zimmer, ohne Zweifel, um noch ein Glas zu trinken. Als sie zurück kam, sah ich bereits die Wirkung; ihr ge= röthetes Gesicht, ihre wild funkelnden Augen, und dazu redete sie geradezu närrisches Zeug. Ich bin sicher, jede Andere machte dieselbe Wahr= nehmung, die ganze Stadt wird morgen davon sprechen," rief Frau Merton.

„Wo war denn ihr Mann, ihr Vater und Mutter? Thaten sie denn nichts, um diesem schmählichen Gebahren Einhalt zu thun?" fragte der Doktor voll tiefer Entrüstung.

„Ihr Vater war dabei; Herr Harcourt nahm alle Herren, mit Ausnahme ihres Vaters, in seine Höhle, wie er es nannte, um zu rauchen. Nach dem Lachen und dem lauten, wüsten Ge= schrei zu urtheilen, tranken sie auch ganz gehörig dabei. Ich forderte Frau Harcourt auf, sich in ihr Zimmer zurück zu ziehen, sie wurde aber fast beleidigend, und meinte, ich sollte mich um meine eigenen Sachen kümmern. Ihr Vater stand in der Nähe und sprach mit Frau Moore. Als er seine Tochter so laut reden hörte, drehte er sich um, um zu sehen, was es gäbe. Ich forderte ihn auf, ihr zu sagen, daß sie zu Bette gehen sollte; doch er sagte: „Machen Sie sich keine Sorge, Frau Merton, Franziska hat ohne Zweifel die ihr von Ihrem Gatten verordnete Dosis verdoppelt, morgen wird wieder Alles in Ordnung sein." Denke dir nur so Etwas von einem Vater. Ich hätte ihn können in's Gesicht schlagen. Endlich brachte ich sie aus dem Zimmer, die Hausmagd half mir sie nach Oben bringen, aber aus dem Flüstern der Dienerschaft sah ich wohl, daß es nicht das Erstemal war. Und das arme Knid, mit Brandy gesäugt! Welch' eine Erbschaft, wenn es am Leben bleibt. Es ist schrecklich, nur daran zu denken. Wie soll sie auf dasselbe Acht geben? Ich wünschte nur, sie säugte es nicht selbst. Gott hat mich nicht mit einem so süßen Geschöpf gesegnet, und eine solche Mutter hat es."

Der Doktor sprang auf und ging raschen Schrittes im Zimmer auf und ab. Er konnte seiner Frau nicht antworten. Alles, was sie sagte, war nur zu wahr. Er war ärgerlich auf sich selbst und die ganze Welt, und doch konnte er nicht einsehen, daß er im Geringsten zu tadeln sei.

„Geh zu Bett, Gussie," sagte er endlich, „morgen will ich nach Frau Harcourt sehen, und mit

Die verhängnißvolle Erbschaft. 23

ihr reden und ebenso mit ihm. Sie ist keine starke Frau und braucht Etwas, um sie aufrecht zu halten. Ich werde darauf sehen, daß sie eine Amme für das Kind nimmt, dann wird sie ihre eigne Stärke wieder gewinnen. Ich hoffe, daß ich sie dann davon dispensiren kann, Brandy zu nehmen, und statt dessen reinen Portwein zu trinken."

„Warum willst du ihr nicht lieber etwas Anderes verordnen, Edwin, Thee oder Kaffee oder Cacao. Ich glaube, deine Patienten würden, wenn du ihnen keine Reizmittel verordnetest, ebenso stark und kräftig werden, als durch den Gebrauch solch' künstlicher Mittel."

„In der That, Gussie, ich weiß nicht, was du unter künstlichen Mitteln verstehst. Du sprichst gerade, als ob Niemand diese Mittel dürfte gebrauchen, bloß weil Manche sie mißbrauchen." Des Doktors Stirn umwölkte sich, weil er glaubte, seine Frau wollte damit seinen Stand und Wissenschaft angreifen.

„Nun, Edwin, sei nicht böse. Nur eine Frage beantworte mir noch, dann will ich in's Bett gehen und versuchen, für eine Weile meinen heutigen Gram zu vergessen. Sage mir aufrichtig und wahrhaftig, glaubst du, daß irgend

Jemandes Leben durch den Gebrauch von Wein oder Brandy verlängert werden kann?"

„Ich kann heute Nacht nicht mehr länger über diesen Gegenstand sprechen," erwiderte er. „Ein andermal wollen wir darüber sprechen. Geh' jetzt zu Bett. Ich muß noch erst einige Eintragungen in mein Buch machen."

Er begab sich in sein Studirzimmer und seine Frau ging zu Bett; doch es dauerte lange, ehe der Doktor ihr folgte. Nachdem er seine Eintragungen gemacht, ergriff er einen Band des großen deutschen Arztes, Dr. von Fabrizius, und blätterte darin; ja da fand er ein Kapitel „guter reiner Brandy und Wein." Darüber war kein Zweifel, aber er fand keine Seite, keine Zeile, auf der stand, daß ein Leben durch diese Reizmittel gerettet oder verlängert werden könnte. Er hatte diese Frage in medicinischen Berathungen und Versammlungen erörtern gehört, und alte, geschickte Aerzte hatten sie in vielen Fällen gerathen. Aber konnte ein Leben dadurch wirklich gerettet werden? Dies war das Problem, das er so gerne gelöst. „Wie soll ich es ausfinden?" sagte er mit gepreßter Stimme zu sich selbst. Endlich legte er sich zu Bett; aber Schlaf fand er nicht. So oft seine Frau von unruhi=

Die verhängnißvolle Erbschaft.

gem Schlummer erwachte, fand sie ihn sich ruhelos im Bette von einer Seite zur andern werfend. Gegen Tagesanbruch kam ein Bote, um ihn zu rufen, denn Frau Harcourts Kind sei sehr krank.

Als er hinkam, fand er das Kind in Krämpfen, die jedenfalls durch der Mutter Trinken herbeigeführt waren. Das arme Kind roch stark nach Brandy, den es durch der Mutter Milch eingesogen. Diese selbst war ihrer Sinne nur halb mächtig, und gänzlich gleichgültig wegen des Kindes.

„Wo ist Herr Harcourt?" fragte der Doktor einen der Diener. „Schläft er noch? Man sollte ihn rufen, denn das Kind wird sterben."

„Ich werde gehen und ihn rufen. Doch er war so betrunken gestern Abend, daß Johann ihn entkleiden und zu Bette bringen mußte, und in solchem Zustand pflegt er nicht so schnell nüchtern zu werden. Ich schlief auf dem Sopha, da die Amme erklärte, sie würde nicht allein bei der Herrin bleiben. Ich hörte ihn fast bis gegen Morgen reden."

„Hübsche Zustände das," sagte der Doktor, „ein junges Paar, aus der besten Gesellschaft, nur ein Jahr verheirathet, betrinkt sich total

auf der Taufe ihres Erstgeborenen. Was kann ich thun? Gussie will ich nicht herholen; es würde ihr ihr ganzes Leben lang nachgehen."
Er verschrieb dem Kinde Arznei, und gab Frau Harcourt einen Schlaftrunk, und sagte der Amme, er würde in einer Stunde wieder kommen; dann fuhr er zu Frau Harcourts Eltern.

„Sagen Sie Herrn und Frau Lancaster, daß Dr. Merton sie augenblicklich zu sehen wünscht." So wandte sich der Doktor an einen verwundert dreinschauenden Diener, der nicht begreifen konnte, was der Doktor so früh schon bei seiner Herrschaft wollte.

„Was kann er nur wollen?" brummte Herr Lancaster. „Sicher Etwas wegen Franziska. Ich möchte nur wissen, was er noch mehr von uns verlangt. Wir verheiratheten sie ja doch an einen reichen Mann."

„Laß ihn heraufkommen. Franziska oder das Kind muß krank sein," sagte Frau Lancaster.

„Und kein Wunder, wenn sie es ist," brummte Herr Lancaster. „Bitte ihn, heraufzukommen. Ich steh' für Niemanden auf, und du, Mary, mache mir eine starke Tasse Kaffee und bringe sie mir sobald als möglich. Störe mich heute wegen Niemandes mehr. Nun, was giebt's," schrie er, so bald der Doktor eintrat, „was brachte Sie zu dieser Stunde zu uns?"

Der Doktor sagte ihm, daß sein Enkelkind bedenklich krank sei, und er sehr in Zweifel wäre, ob es der. Tag noch überlebe. „Wenn Frau Lancaster besser fühlt, wäre es das Beste, sie würde mit mir kommen, damit das Kind nicht gänzlich den Dienern überlassen bleibt."

„Wo aber ist denn meine Tochter?" fragte nun Frau Lancaster vollständig erregt.

„Sie schläft noch und ich denke, sie wird heute kaum fähig sein, Etwas zu thun und ebenso Herr Harcourt."

„Ja, ja, beide haben gestern zu viel getrunken. Ich ging weg, bevor Alles vorüber war. Kein Zweifel, Harcourt hatte, nachdem ich sie verließ, noch sein Vergnügen mit seinen Freunden."

„Wenn Sie das Vergnügen nennen, sich thierisch zu betrinken, dann hat er seinen Zweck vollständig erreicht," sagte der Doktor.

„Puh, Puh," rief Herr Lancaster, „es wird ihm nichts schaden. Man hat nicht jeden Tag Taufe. Er wird gar bald wieder in Ordnung sein."

„Doch, was ist's mit Franziska?" fragte nun Frau Lancaster voll Besorgniß.

Herr Lancaster war ein leichtsinniger Mensch, der, so alt er war, nur an die Welt und ihre Freuden dachte. Ueber das, was eines andern Vaters Herz beinahe gebrochen hätte, lachte er nur. Doch, da er reich war, hatte er großen Einfluß in der Gesellschaft, nach dem alten Satz: „Daß Gold die Menge vieler Sünden zudecke."

„Können Sie mit mir kommen, Frau Lancaster?" fragte der Doktor, alle ihre Fragen überhörend. „Wenn nicht, muß ich meine Frau holen, doch würde es besser sein, wenn Sie selbst mitkämen."

„Ich werde sogleich aufstehen und Sie nicht lange warten lassen," sagte nun diese.

Er ging hinunter, um auf sie zu warten, und in kurzer Zeit saß Frau Lancaster in seinem Wagen und fuhr mit ihm nach ihrer Tochter Haus.

Der Doktor sagte: „Frau Lancaster, nun will ich Ihnen Alles sagen. Ich habe das feste Zutrauen, daß Sie als Mutter Alles aufbieten werden, was in Ihren Kräften steht. Sie wissen, daß Frau Harcourt seit einiger Zeit sehr schwach

Die verhängnißvolle Erbschaft.

war. Ich fand es daher für nöthig, ihr drei Eßlöffel voll Brandy täglich zu verordnen, wodurch sie ihre Kraft wieder gewonnen haben würde. Statt dessen, finde ich nun, daß sie seit einiger Zeit größere Quantitäten, hinreichend sie betrunken zu machen, zu sich nimmt, wie z. B. gestern. Ich war nicht selbst dort; aber meine Frau berichtete mir den Zustand, in dem sie sich befand. Ich selbst beobachtete schon öfters etwas Wildes in ihrem Blick und einen Hang närrisches Zeug zu schwätzen, was ganz und gar nicht natürlich war. Doch konnte ich ihr es nicht beweisen. Sie wissen, wie stolz sie ist. Sobald sie wieder bei sich selbst ist, werde ich mit ihr reden. Das Kind nun hat soviel Brandy eingesogen aus der Milch, daß es Krämpfe davon bekommen hat. Sollte es sich erholen, werde ich eine Säugamme für dasselbe anrathen. Ich hoffe, Sie werden Alles thun, um Ihrer Tochter den Abgrund zu zeigen, vor dem sie steht."

„Ich werde gewiß Alles thun, was in meinen Kräften steht," erwiderte die Mutter, „doch fürchte ich, mein Einfluß wird nur gering sein; sie war immer sehr selbstständig und eigenwillig und ihr Vater leistete ihr darin allen Vorschub.

Er hat Schuld an dieser Heirath mit Harcourt, von dem ich fürchte, daß er mit raschen Schritten sich dem Leben eines Trunkenboldes hingiebt. Ich sagte und that Alles, was ich konnte, sie hörte aber nicht auf mich, und glaubte ihres Vaters Worte, daß alle jungen Männer wild wären, und so gab sie ihn denn nicht auf."

Währenddem war Herr Harcourt aus seinem Zimmer gekommen, mit dem Aussehen eines Mannes, der die ganze Nacht durchgetrunken hatte, und der starke Geruch nach Brandy sagte dem Doktor deutlich, daß er bereits wieder begonnen. „Was ist los?" fragte er, als er Frau Lancaster sah, „ist Francis oder das Kind etwa krank?"

„Ihre kleine Tochter ist krank, und zwar wie ich fürchte, sehr gefährlich. Haben Sie Ihre Frau noch nicht gesehen?" fragte der ganz erstaunte Arzt.

„Nein, noch Zeit genug, kommen Sie, Doktor, lassen Sie uns ein Glas Brandy trinken."

„Nein, ich danke, ich trinke nie etwas so Starkes so früh am Morgen, aber wenn Sie erlauben, bestelle ich für Frau Lancaster und mich eine Tasse Kaffee," erwiderte der Doktor.

„Thun Sie, wie Sie wollen, aber es däucht

Die verhängnißvolle Erbschaft. 31

mich doch befremdend, daß Sie das, was Sie Andern verschreiben, nicht selbst trinken?"

„Ich bin nicht krank," lautete des Doktors Antwort, „und bedarf keiner Arznei. Ich fürchte, Herr Harcourt, Sie machen sich selbst bald krank, wenn Sie nicht aufhören Brandy zu trinken oder etwas Derartiges, das Sie Ihrer Sinne beraubt, wie letzte Nacht."

„Nun das ist gut," rief Harcourt, „hier ist ein Mann, der selbst meiner Frau Brandy verordnet hat (und sie trinkt ihn jetzt so stark wie ich selbst) — und nun sagt er mir davon abzulassen. Ihr Doktors seid doch zum größten Theil rechte Schwindler. Das ist eine Thatsache. Aber merken Sie sich, in meinem Leben habe ich noch auf Niemand gehört, der mir Temperenz gepredigt hätte, so bitte, beginnen Sie nicht damit." So redend drehte er dem Doktor den Rücken.

Sie fanden das Kind besser, aber Frau Harcourt in großer Erregung.

„Ich wußte wohl, daß es so kommen würde," sagte der Arzt zu Frau Harcourt, „Sie haben sich gestern überanstrengt und nun geht es Ihnen heute schlechter."

„Es ist nicht das," erwiderte Frau Harcourt,

„aber die Amme sagte mir, Sie hätten ihr verboten mir noch mehr Brandy zu geben, und ich fühle doch so schwach."

„Ihr Kind hatte heute Morgen Krämpfe und die Ursache davon ist, glaube ich, daß Sie gestern zu viel Brandy getrunken haben, und Sie dürfen deßhalb, um des Kindes Leben zu retten, keinen Tropfen mehr trinken. Sie nahmen zu große Dosen, oder dies würde nicht passirt sein. Wir müssen damit auf einmal aufhören oder es ist zu spät," sagte er, indem er ihre Hand in die seine nahm und ihr fest in die Augen sah, so daß sie, eingeschüchtert, in Thränen ausbrach.

Er verließ sie nun unter der Aufsicht ihrer Mutter und begab sich nach Hause.

„Wie geht es dem Kinde?" fragte Frau Merton.

„Besser; ich erklärte Frau Harcourt, sie dürfte, um des Kindes Leben zu retten, keinen Tropfen Brandy mehr trinken."

„Und glaubst du, daß sie es thun wird und deinen Rath befolgen?" fragte seine Frau.

„Ich denke, ja. Ich hoffe sie in ein paar Tagen unter deinem Schutz zu Gregory's auf's Land zu senden."

Bevor er sie verließ, fragte sie ihn noch: „Denkst du, daß sie ohne Brandy sein kann oder hast du ihr Portwein dafür verordnet?"

„Ich that dies nicht," lautete die Antwort, „und wenn sie ohne Reizmittel fertig wird, hast du einen großen Sieg errungen."

„Nicht ich," erwiderte sein Weib, „sondern die medizinische Wissenschaft."

Aber dem Kinde ging es nicht besser, und jetzt, da ihr Geist klar war, fühlte Frau Harcourt alle die schmerzlichen Sorgen einer liebenden Mutter. In derselben Nacht noch, als das Kind in Krämpfen lag, flehte sie den Doktor an: „Oh, Doktor, retten Sie mein Kind. Ich will Alles thun, was Sie verlangen, nur retten Sie mein Kind!"

„Sein Leben steht in Gottes Hand, Frau Harcourt, ich werde thun, was ich vermag, seien Sie nicht so niedergeschlagen und traurig. Wenn Er es in seiner Weisheit für's Beste hält, das Kind zu sich zu nehmen, dann ist es gewiß auch das Beste."

Der Arzt war froh, daß sie so tiefe Reue empfand, im Gegensatz zur großen Gleichgiltigkeit dieses Morgens. Doch damals war ihr Geist umnebelt, jetzt war er klar, und die Natur, die Liebe der Mutter brach hervor. Oh wie kann doch dieser Satanstrank einen liebenden Vater, eine sanfte Mutter in ein herzloses Geschöpf verwandeln, das den letzten Bissen aus des Kindes Mund nähme, um sein eigen lasterhaftes Gelüsten zu befriedigen!

Herr Harcourt befand sich ebenfalls im Zimmer und folgte dem Arzt, als dieser wegging. Er war vollständig nüchtern, und es drängte ihn sich für die Rohheit vom heutigen Morgen zu rechtfertigen und entschuldigen.

„Ich hoffe, Sie werden mir vergeben, Herr Doktor, ich war heute Morgen nicht bei mir selbst."

„Ich hoffe nur, Sie werden es von nun an immer sein," sagte dieser, „lassen Sie es sich eine Warnung sein, ehe es zu spät ist."

„Denken Sie, das Kind wird es überstehen? Die arme Franziska fühlt schrecklich."

„Nein, Herr Harcourt, das Kind wird aller Voraussetzung nach sterben, noch vor morgen früh. Sollte sein Tod aber die Wirkung haben, die ich erflehe, so ist selbst das Leben Ihres Erstgebornen kein zu großes Opfer. Ich werde meine Frau schicken, daß sie Ihrer Gattin hel-

Die verhängnißvolle Erbschaft.

send und tröstend zur Seite stehe, wenn Ihre Mutter heimkehrt."

"Ich habe derselben gesagt, Doktor, sie solle nach Hause gehen, denn ich kann die Art und Weise, wie sie mit ihrer Tochter spricht, nicht ertragen. Schlecht, wie ich bin, liebe ich sie doch, und wenn in früheren Jahren mehr auf sie Acht gegeben worden wäre, könnte sie jetzt bessernden Einfluß auf mich haben. Nun aber, da sie noch so schwach ist, kann ich nicht dabei= stehen und mit anhören, wie ihre Mutter ihr allerlei verletzende Reden giebt wegen ihrer Feh= ler, für die ihre Mutter mehr als sie selbst zu tadeln ist."

Als Herr und Frau Merton eine Stunde später kamen, fanden sie Vater und Mutter bei der kleinen Wiege sitzend, in der das Pfand ihrer Liebe lag. Das kleine Leben schwand schnell dahin, und ehe der Morgen graute, kamen die Engel, es heimzuholen in seines Va= ters Reich.

Frau Merton vergoß bittere Thränen über der trauernden Mutter, deren Selbstanklagen einen Stein hätten erbarmen können. Sie versuchte, ihren Schmerz zu lindern, indem sie sie dahin wies, wo sie in Zukunft Trost und

Kraft finden könnte, und sie hatte die feste Zuversicht, daß sie und ihr Gatte in Zukunft ein besseres Leben führen würden.

Eine Woche später führte Herrn Gregorys Schooner zwei Damen und drei Herren außer dem Schiffer an Bord. Eine der Damen war in tiefe Trauer gekleidet. Frau Harcourt hatte die Einladung Gregorys angenommen, seine Frau mit Frau Merton zu besuchen.

Frau Harcourt sah sehr niedergeschlagen aus, — ganz anders wie früher. Sie hatte bis jetzt ihr Versprechen, keinen Brandy mehr zu kosten, gehalten; statt dessen hatte sie aber schon mehrere Male Portwein getrunken. Sie wußte wohl, es war unrecht, doch fühlte sie sich oft so schwach, sie mußte Etwas haben, sich aufrecht zu halten. Sie hatte stets Wein getrunken seit sie ein Kind war, — selbst im Institut. Viele Mädchen thaten es auf Anrathen des Arztes und es konnte ihr jetzt nicht schaden. Oh! Frau Harconrt, sieh' zu, was du thust. Wie viele Mädchen haben dieselbe Entschuldigung, die dieselbe Schule besucht und dort vielleicht den Grund zu ihrem späteren Verderben gelegt haben.

Frau Gregory bewillkommnete sie, wie eine

Schwester. Herr und Frau Harcourt fühlten beide, daß dies wahres Leben sei, wie ihre Freunde es führten, das ihrige jedoch nur ein Schatten davon war. Hätte sie nur länger bleiben können, ihre Besserung wäre eine voll= ständige geworden. Aber der Tod ihres Vaters rief sie plötzlich ab.

Drittes Kapitel.

Jahre sind vergangen und große Fortschritte während dieser Zeit Canada gemacht worden.

Herr Gregory hatte den Plan zu manchen Gebäuden, öffentlichen und privaten gemacht. Mit seinem Geschäft und Vermögen war er immer weiter vorwärts gegangen, er war ein glücklicher Mann, wie die Welt sagte. Er hatte Alles, was sein Leben glücklich machen konnte. So hatte es den Anschein. Doch eines Tages zeigte sich ein kleiner, trüber Flecken. Sollten etwa gar die Wolken den bisher blauen Himmel umhüllen?

Herr Gregory war nie ein vollkommener Temperenzmann, obwohl niemand ihn je betrunken gesehen hatte, selbst nicht sein liebes Weib. Eines Abends bei seiner Heimkehr schien er vom Trinken aufgeregt zu sein. Sie blickte

Die verhängnißvolle Erbschaft.

ihm so forschend ins Gesicht, daß er sich schämte und sie bat ihm zu verzeihen. „Ich traf zwei oder drei meiner Freunde und habe in der That zu viel getrunken, aber, meine Liebe, es soll nicht mehr vorkommen."

„O, ich hoffe es wird nicht mehr vorkommen, Otway, ich könnte Alles ertragen, nur das nicht, und seit wir ein so trauriges Beispiel an Harcourts hatten, möchte ich an jedem Platze, in jedem Orte die Fahne der Temperenz aufgepflanzt sehen. Lieber Gatte, ich habe dich schon oft zuvor gebeten, das Gelübde der Enthaltsamkeit zu unterzeichnen. Willst du es nicht jetzt thun, um den Versucher leichter fern zu halten, der umher geht, seine Opfer zu suchen? Willst du es nicht um meinetwillen thun, Otway?"

„Nein, nein, Lydia, ich habe dir schon damals, als Merton jenes Gelübde unterzeichnete, erklärt, daß ein Mann, der sich des Trunkes nicht enthalten kann, ohne jenes Gelübde, sich auch trotz desselben nie und nimmer davon enthalten kann. Du brauchst keine Angst zu haben, daß ich ein Trunkenbold werde, aber jenes Gelübde unterzeichne ich nicht."

„O Otway, du weißt nicht, was es für mich für ein Trost wäre. Ich weiß wohl, daß gar viele es brechen und glaube auch, daß nur solche, die Kraft von Oben erflehen, es halten können. Du weißt, Gott hat gesagt: Rufe mich an in der Noth, und ich will dich erretten. Du kannst nichts ohne seine Hilfe, wenn du jenes Gelübde unterzeichnest; aber mit seiner Hilfe kannst du es halten. Er wird dir Kraft geben gegen alle Versuchungen. O, so thue es doch, um Edwin's willen, der nun zum Mann heranreift und seines Vaters Leben sich zum Beispiel nimmt, weil er weiß, sein Vater wird nichts thun, dessen er sich zu schämen brauche. Laß uns Gott um Hilfe bitten. Er wird uns führen."

Und zum Throne der Gnade sandte Frau Gregory ein frommes inbrünstiges Gebet für ihren Gatten, und legte sich dann nieder mit dem festen Vertrauen eines liebenden Weibes, daß Gott ihm morgen helfen werde und ihn ausrüsten mit Kraft.

Bevor Herr Gregory sich am andern Tage in die Stadt begab, bat ihn sein Weib wieder, das Gelübde zu unterzeichnen. „Ich will mit dir gehen und dasselbe thun; dann wollen wir jeden Tropfen Spirituosen und Wein aus unserem Hause verbannen, was ich so sehr gewünscht habe seit Harcourts Tode."

Die verhängnißvolle Erbschaft. 41

„Es ist ganz überflüssig, noch weiter darüber zu sprechen, Lydia, ich werde es nicht thun. Merton versuchte sein Bestes, als er sich der Sache der Temperenz anschloß. Ich erklärte ihm dasselbe wie dir; nun plage mich nicht mehr damit. Wahrhaftig, man könnte denken, ich wäre schon ein ganz unverbesserlicher Trunkenbold, nach der Art und Weise, wie du sprichst. Ich bin sicher, ich gab dir keine Veranlassung, blos weil ich gestern einmal ein Glas zuviel hatte."

„Darum sehe der wohl zu, daß er nicht falle, der da meint er stünde. Das sind die Worte des Apostels," sagte Frau Gregory, ihrem Gatten die Hand auf die Schultern legend, „und nicht die meinigen. Wie viele fallen doch Jahr für Jahr, die sich ebenso stark dünken wie du dich jetzt. O mein lieber, lieber Gatte, laß uns vor der Versuchung auf der Hut sein. Warum willst du mir meine Bitte nicht erfüllen, um meinem Herzen Ruhe und Frieden zu geben?"

„Du bist heute Morgen ganz unsinnig, Lydia; ich hoffe, du wirst besser über mich denken bis heute Abend, wenn ich heimkommen werde." Mit diesen Worten küßte er sie und die Kinder, und ging so schnell wie möglich weg.

Es war umsonst, daß Frau Gregory sich mit

ihren Hausarbeiten beschäftigte; ihre Gedanken weilten allezeit bei ihrem Gatten. Sollte sie Nachmittags in die Stadt fahren? Edwin hätte sie dahinfahren können; doch nein, dies hätte ihn ärgerlich gemacht. Alles was sie thun konnte war, daß sie ihn Gott empfahl. Was hätte sie darum gegeben, wenn nur Dr. Weston, ihres Gatten Freund, hier gewesen wäre. Doch der hatte seine Praxis vor zwei Jahren aufgegeben, und war mit seiner Frau und seinem Adoptiv= sohn nach Europa gegangen, und man wußte nicht, wann er nach Canada zurückkehren würde.

Ein Jahr nach den im letzten Kapitel erzählten Ereignissen gab Frau Harcourt einem Sohne das Leben. Doch lange bevor das Kind geboren wurde, ergaben sich Herr und Frau Harcourt immer mehr dem Trunke. Die Mutter that es nicht öffentlich, noch trank sie Brandy wie ehe= mals; aber sie gebrauchte den besten Portwein. Während der Zeit, daß sie das Kind nährte, trank sie oft so viel, daß sie ganz bewußtlos wurde. Sie hielt es vor Dr. Merton so gut es gehen konnte geheim, so daß er es erst gewahr wurde, als es zu spät war. Nach der Geburt seines Sohnes war Herr Harcourt selten nüch= tern, und ehe das Kind ein Jahr alt wurde, starb

Die verhängnißvolle Erbschaft.

er am Delirium tremens, und hinterließ seinem Sohne neben einem geringen Erbe an irdischen Gütern noch ein sehr verhängnißvolles Erbstück.

Frau Merton nahm das Kind zu sich am Tage nach dem Tode des Vaters, als der Zustand Frau Harcourt's Allen klar und offenbar wurde. Diese widersetzte sich nicht im Geringsten, denn die Mutterliebe hatte dem größten Feinde Platz machen müssen, der je in die Welt gekommen ist.

So lange sie nur Geld hatte, ihr lasterhaftes Gelüste zu befriedigen, kümmerte sie sich nichts darum, was aus ihrem Kind wurde. Es war für sie nur eine Erleichterung, als Frau Merton ihr anbot, das Kind zu sich nehmen zu wollen.

Es brach dem Doktor fast das Herz. Er hatte immer an der althergebrachten Theorie festgehalten, daß in gewissen Fällen Spirituosen und Wein die besten Heilmittel wären. Und er sagte sich selbst immer und immer wieder, daß er nicht zu tadeln sei. Aber die Scene am Todtenbette Harcourt's stand ihm immer vor Augen. Alles was er that erwies sich umsonst, um Frau Harcourt zu bessern. Sie lachte ihm in's Gesicht und sagte ihm, er hätte es verordnet und: „Nun wollen Sie, daß ich es aufgebe, obwohl es das Einzige ist, das mir Ruhe giebt und Schlaf des Nachts. Wenn ich nicht schlafe, foltern mich alle Qualen der Hölle."

„Doch bedenken Sie das Ende, Frau Harcourt. Ich flehe Sie an, bringen Sie den Rest ihrer Tage zu in Reue und Buße. Sie sind noch so jung und verkürzen sich Ihre Tage selbst. Wir wollen Alles für Sie thun, was wir können; aber Sie müssen zu Jesus kommen, sich seiner Gnade empfehlen, er wird Ihnen Vergebung gewähren für alle Sünden. Wollen Sie mir versprechen, vom Trinken zu lassen?" drängte er sie. „Kommen Sie zu uns, wo Ihr Kind ist. Mein Weib soll Sie lieben wie eine Schwester. Wir wollen für Sie beten und Ihnen helfen Ihr Gelübde zu halten, wenn Sie es nur erst abgelegt haben. Ich habe von meinem Hause jeden Tropfen verbannt, und bin selbst im Begriff, dieses Gelübde zu unterzeichnen. Wollen Sie sich mir anschließen?"

„Nicht heute, Doktor, ich verspreche Ihnen heute nichts mehr zu trinken. Wenn Sie morgen kommen, unterzeichne ich vielleicht auch."

Er ging, aber wie schwer ward sein Herz, als er um eine Ecke biegend einen Mann dahertau-

meln sah, der noch vor einem Jahr ein ange=
sehener Bürger gewesen, jetzt aber ein vollkom=
mener Trunkenbold geworden war, der jeden
Cent vertrank, mit dem er sein Weib und seine
Kinder hätte erhalten sollen. Als er des Dok=
tors ansichtig wurde, hielt er an und redete ihn an.

Der Doktor sagte: „Braun, es thut mir leid
um Euch, Euch in einem solchen Zustande zu
sehen."

„Sie mögen Dr. Fischer dafür tadeln; er
machte mich zu dem, was ich bin," schrie der
Mann mit lautem, höhnischem Lachen.

Den Doktor schauderte es bei diesen Worten.
Er hatte es zwar schon gehört, aber von solchen
Lippen es zu hören, war fast zu viel für ihn.
Er mußte irgendwo Ruhe finden für sein be=
drängtes Gewissen. Ja er wollte den Dr. Cal=
lonway von Quebec, einen Mann von hohem
medizinischen Wissen und Ansehen, besuchen
und seine Meinung hören. Er wollte in einigen
Tagen, wenn mit Frau Harcourt Alles gut ging,
dorthin reisen. Welch' neues Leben war in sein
Heim gezogen, seit sein Weib das kleine Geschöpf
dorthin gebracht hate. Wie hatte sie es an's
Herz gedrückt und Gott gebeten, an ihm nicht
die Sünden der Eltern heimzusuchen.

„O Edwin," rief sie, „wenn dieses unschuldige kleine Lamm jenes Laster erben sollte."

„Wir müssen mehr als je auf der Hut sein. Selbst wenn seine Mutter das Trinken aufgeben sollte, wie sie es versprochen hat, so ist ihre Lebenskraft doch gänzlich gebrochen. Sie kann nicht mehr lange leben. Ich habe gehört, daß nur sehr wenig übrig geblieben ist von den beiden Vermögen, die sie zusammengebracht. — Alles haben sie ihrem Laster geopfert. Denkst du, du könntest Frau Harcourt bewegen, in unser Haus zu kommen. Unter deiner Obhut möchte sie vielleicht ihr Versprechen halten, und du magst sie zu Jesus hinführen. Darin liegt der größte Fehler von solchen, die ein unmäßiges Leben führen. Sie vergessen ihren Erlöser und so bekommt Satan Gewalt über sie. Wenn wir sie nur so weit bringen könnten, daß sie bereut und Buße thut, so habe ich noch Hoffnung für sie. O Gussie, wäre ich nur deinem Rathe gefolgt und hätte ihr weder Wein noch Brandy verordnet. Das wird mich all mein Leben lang drücken."

„Ich glaube nicht, Edwin, daß man ihren neuerlichen Fall dir zur Last legen kann. Sie hätte Wein getrunken, auch wenn du ihr ihn

Die verhängnißvolle Erbschaft. 47

nicht verordnet hätteſt. Sie trank ihn heimlich, als wir bei Gregory's zu Beſuch waren; ſie brachte ihn mit aus der Stadt, denn Frau Gregory bot ihr niemals mehr welchen an, nachdem ſie von ihrem Falle gehört hatte. Es iſt nicht deine Schuld dieſesmal."

„Wenn ich nur auch ſo denken könnte, meine Liebe, doch was hatte ich für ein Recht, dieſe Frau wieder zu verſuchen, da ich doch wußte, wie ſchwach ſie war, und nachdem du mich ſo ſehr gebeten, es nicht zu thun," ſagte er im Tone tiefſter Traurigkeit. „Um mir darüber Gewißheit und zugleich Beruhigung zu verſchaffen, habe ich vor, nächſte Woche nach Quebec zu reiſen und den Dr. Callonway zu beſuchen. Er iſt der Neſtor unſerer Wiſſenſchaft. Ich kann mich nicht beruhigen, bevor Frau Harcourt zu uns kommt, um bei uns zu wohnen. Ich denke, wenn ſie ihren Knaben jeden Tag bei uns ſieht, wird ſie das zum Nachdenken bringen über das, was ſie verloren. Bitte du ſie auch, morgen mit mir das Enthaltſamsgelübde zu unterzeichnen; kein Tag ſoll mehr vergehen, ehe es gethan iſt."

„O Edwin, wie glücklich machſt du mich," rief ſein Weib, „du wirſt viele deiner Patienten vom krummen Pfad der Sünde zurückbringen, was du nie thun könntest, wenn du dich nicht selbst gänzlich enthieltest. Du solltest deinen Einfluß bei jeder Mutter geltend machen, jedes Getränke von ihrem Tisch zu verbannen, denn eben darin liegt das Uebel. Ich glaube nicht, daß es recht ist, Kindern Wein oder Bier bei Tisch zu geben, weil sie nicht stark sind oder zu schnell wachsen. Ich bin gewiß, gute, kräftige Nahrung, viel Bewegung in der frischen Luft, früh zu Bette gehen, würde besser für sie sein, als ihnen Geschmack beibringen an jenem Gift, das sich so leicht in ihrem späteren Leben als ihr Ruin erweisen kann. Frau Harcourt sagte mir, daß sie Wein bei'm Mittagessen getrunken, seit sie vier Jahre alt war. Selbst im Institut hatte ihr der Arzt, wie noch vielen Anderen, Portwein verordnet. Ist es da zu verwundern, daß sie nach und nach so großen Geschmack daran fand? Hätte mir Gott Kinder geschenkt, kein Tropfen Wein hätte über ihre Lippen kommen sollen, selbst wenn du mir gesagt hättest, ich könnte ihr Leben damit retten. Und sollte dies arme Kind am Leben bleiben, und unter meiner Obhut, verlange nie von mir, Edwin, ich sollte ihm einen Tropfen jenes Giftes geben."

„Das verspreche ich dir, meine Liebe. Der

arme Knabe, sollte er auch am Leben erhalten bleiben, wird einen harten Kampf zu bestehen haben mit dem Erbtheil seiner Eltern."

Frau Merton ging zu Frau Harcourt, und mit der Liebe einer Mutter zeigte sie ihr ihr ganzes vergangenes Leben. Sie kniete mit ihr nieder, und zum erstenmale in ihrem Leben fühlte Frau Harcourt, was Beten sei.

"Vertrauen Sie auf Gott, er wird Ihnen alle Sünden vergeben. Und ob deine Sünde blutroth wäre, soll sie doch schneeweiß werden, sagt die Schrift." Sie hörte dies Alles mit an, aber es schien fast, als habe sie alle Denkkraft verloren. "O mein Gott, hilf mir! Jesus rette mich!" war Alles, was sie sagen konnte, aber selbst diese Worte trugen Engel zum Himmel, wo große Freude ist über einen Sünder, der Buße thut. Und hier war ein solcher armer Sünder gerettet.

"O Gott, habe Gnade mit mir!" murmelte sie. "Schenk mir nur noch einige Jahre zur Reue und Buße. Laß mich nicht in die äußerste Finsterniß versinken." Thränen kamen ihr zuletzt, bittere, reuevolle Thränen, wie sie solche nicht mehr vergossen seit dem Tode ihrer Eltern und ihres Gatten, und zum erstenmale in ihrem Leben strömte ein heißes Dank- und Lobgebet zu Gott über ihre Lippen, daß er ihrer geschont und ihr Zeit gegeben, ihre Seele zu retten. Als sie sich von ihren Knieen erhob, warf sie sich in Frau Merton's Arme und flüsterte ihr zu: „Ich bin zuletzt doch noch gerettet."

Frau Merton nahm sie mit sich in ihr Haus, und dort, o wie küßte sie ihr Kind zum erstenmale in wirklicher Liebe, und flehte Gott an, er möge an ihm die Sünden der Eltern nicht heimsuchen. Das Kind wollte nichts von seiner Mutter wissen; sie hatte sich ja nie um seine Bedürfnisse bekümmert, sondern ihn vollständig den Mägden überlassen; es streckte seine kleinen Arme nach Frau Merton aus.

„Nehmen Sie ihn," sagte Frau Harcourt, „er liebt Sie mehr als mich, und ich kann mich nicht darüber wundern. Nehmen Sie ihn und seien Sie ihm Mutter, und wenn er alt genug ist es zu verstehen, erzählen Sie ihm die traurige Geschichte seiner Eltern; möge sie ihm eine Warnung und ein Schutz sein gegen jenes Uebel, das er, wie ich befürchte, geerbt hat. Könnte ich nur mein vergangenes Leben zurückrufen, oder noch ein paar Jahre länger am Leben bleiben; aber es kann ja nicht sein, und mein armer Henry wird Ihnen überlassen bleiben. Wollen Sie, die ihn so herzlich liebt, dieses theure Pfand von seiner armen, sündigen, reuevollen Mutter annehmen?"

"Machen Sie sich darüber keine Sorge, Frau Harcourt, ich hoffe Sie werden noch lange genug leben, ihn zum Manne heranwachsen zu sehen, zu einem guten, tüchtigen Manne. Ich werde Ihnen helfen, ihn zu erziehen. Ja ich liebe ihn, und könnte ihn nicht mehr lieben, wenn er mein eigenes Kind wäre."

Dr. Merton ging nach Quebec, um Dr. Callonway zu besuchen. Sein Geist war gequält wegen Frau Harcourt; er mußte den Doktor sehen und hören, was dieser über diesen Punkt dachte. Er fühlte soweit eine Erleichterung, als er denken konnte, Frau Harcourt würde nun standhaft bleiben; da sie nun unter dem Einfluß seiner Frau stand, erwartete er für sie den besten Erfolg. Vor seiner Abreise besuchte er noch den Pastor P., einen der eifrigsten Diener Christi, und bat ihn, Frau Harcourt aufzusuchen.

Eines Tages sagte sie zu Pastor P.: "Könnte ich doch nur alle meines Geschlechtes warnen, die dem Weintrinken ergeben sind oder ihren Kindern davon zu trinken geben. Glauben Sie mir, dieses Uebel ist in Privatkreisen weiter ver=

breitet, als wie Sie denken. Sehen Sie sich die Gesellschaften an, in denen bei Herren und Damen Wein herumgereicht wird. Das war es, was mich zu Grunde richtete. Ich gebe meinen Eltern nicht vollständig die Schuld, aber in meines eigenen Vaters Haus wurde der Same gelegt; und dieser Same schlug Wurzeln in der Schule, in die ich gesandt wurde, und er brachte Frucht, als ich in meinem eigenen Hause war und thun konnte was ich wollte. Ich könnte Ihnen viele Damen bezeichnen, die nie zu Bette gehen, ohne ein Glas heißen Punsch getrunken zu haben, den ihre kleine Tochter gar oft zubereiten muß, und die dabei ein paar Löffel nascht, und so bei Zeiten lernt ein ganzes Glas zu trinken. Ich weiß, in schlimmen Augenblicken pflegte ich Dr. Merton dafür zu tadeln, daß er mir zuerst Brandy verordnete, aber ich fand schon vorher Geschmack daran, und er ist nicht zu tadeln. Glauben Sie, Gott wird mir vergeben, er, den ich so schwer beleidigt und erzürnt habe?"

„Vertrauen Sie auf seine Gnade und Barmherzigkeit, liebe Frau," erwiderte der Geistliche, „er wird Ihnen alle Ihre Sünden vergeben. Sollten Sie gerettet werden, benutzen Sie all Ihren Einfluß, indem Sie Andern von Ihrem

Die verhängnißvolle Erbschaft.

Falle erzählen; vielleicht kommt doch manch Ei= nes dadurch auf den wahren Weg zurück. Ich habe dies feste Vertrauen. Die kleine Tempe= renzarmee von Männern und Frauen wird wach= sen, nicht allein in unserm geliebten Canada, sondern überall bei allen Völkern, bis der Dä= mon, der so viele Tausende verdirbt, vernichtet ist. Wenn jeder Prediger es für seine Pflicht hielte, das Temperenzbanner in seine Hand zu nehmen und die Höhlen dieser verkommenen Leute aufzusuchen und ihnen zu zeigen mit zar= ter Liebe, wo sie sich hinwenden müssen um Hilfe, der Fluch, der so viele unserer Heimstätten umnachtet, würde gar bald von unserem Lande genommen sein."

* * *

Die beiden Doktoren Merton und Callonway saßen zusammen in des letzteren Studirzimmer; er hatte seinem Gehilfen gesagt, sie nur im Falle dringendster Noth zu stören.

Dr. Callonway war ein großer, schöner Mann, auf dessen Scheitel der Schnee von siebenzig Wintern lag. Während fünfzig Jahre hatte er in Quebec gelebt und praktizirt. Gar oft gin= gen ihn Aerzte aus der Provinz um seinen Rath an, den er allen gerne ertheilte.

Sie waren in einer tiefen Diskussion über die Frage: „Kann ein Leben gerettet werden durch den Gebrauch von stimulirenden Mitteln?"

„Ich glaube es nicht," sagte Dr. Callonway, „vor etwa vierzig Jahren dachte ich gerade so wie Sie, daß in bestimmten Fällen die Wieder=herstellung eines Kranken dadurch beschleunigt werden könnte, und verordnete sie in allen Fällen nach schweren Krankheiten. Eine traurige Ge=schichte meines Lebens änderte meine ganze Be=handlungsweise; seit der Zeit habe ich keinem meiner Kranken jemals mehr Wein oder Spiri=tuosen verordnet. Ich werde Ihnen die näheren Umstände erzählen: Zu der Zeit, von welcher ich spreche, waren Dr. Grey und ich die einzigen Aerzte in dieser Stadt. Im Herbst jenes Jah=res grassirte ein typhöses Fieber sehr stark; wir hatten alle Hände voll zu thun, denn kaum ein Haus blieb davon verschont. Ich war verlobt und wollte mich eben verheirathen, aber ich konnte wirklich keine Zeit zu diesem wichtigen Schritte finden; so erklärte ich denn meiner lieben Emma, wir müßten noch eine Weile warten. Ich kam für Wochen nicht aus meinen Kleidern, und nur für wenige Minuten oft war es mir vergönnt, meine Geliebte zu sehen. Eines Tages bei

Die verhängnißvolle Erbschaft. 55

meiner Rückkehr in mein Zimmer fand ich ein
Billet von Emma's Mutter, mit der Bitte,
schleunigst zu kommen, da sie fürchtete, Emma
hätte das Fieber. Ich hatte sie seit einigen Ta=
gen nicht mehr gesehen, so wußte ich denn, daß
ich ihr die Ansteckung nicht konnte zugetragen
haben. Ich eilte zu ihrer Wohnung, und fand
der Mutter Befürchtungen bestätigt. Emma
zeigte Symptome der schlimmsten Art. Ich kam
eben von einem jung verheiratheten Manne, der
das Fieber im schlimmsten Grade hatte, und ge=
rade so fand ich Emma. Ich that Alles, was
in meiner Macht stand für mein zukünftiges
Weib. — Die Behandlung des jungen Mannes
und ihre, wie der Erfolg waren dieselbe. Nach=
dem das Delirium vorüber war, verordnete ich,
wie ich es immer that, Brandy. Ich holte ihn
selbst, um ihn ja rein zu bekommen, nahm die
Flasche mit mir und begab mich zu dem jungen
Manne, mit Namen Sanford. Ich sagte zu
ihm: „Ich habe Ihnen hier etwas Brandy mit=
gebracht, und Sie müssen drei= bis viermal des
Tages einen Eßlöffel voll davon nehmen." „Was
Brandy?" schrie der Mann, „Nein, Doktor,
wenn Sie mir nichts Anderes geben können als
das, so sterbe ich lieber, als daß ich einen Tropfen

davon nehme." „Nun, wenn Sie lieber guten, alten Rye trinken wollen, mögen Sie ihn statt Brandy nehmen, aber er ist nicht so gut." „Nein, nein, es macht keinen Unterschied, Brandy, Rye oder Wein, ich werde keines von den Dreien nehmen. Sprechen Sie nicht mehr davon, Doktor!" „Aber Sie können sich nicht erholen, wenn Sie nicht ein Reizmittel nehmen, Sie bedürfen jetzt keine andere Arznei." „Nennen Sie dieses Gift Medizin?" schrie der Arme, und wurde dabei so erregt, daß es mich erschreckte. „Nein, Doktor, wenn Sie nichts Anderes finden, das nehme ich nicht und wenn ich sterbe. Ich will meinem Schöpfer nicht umnebelten Sinnes nahen. Ich glaube, selbst mein Weib würde mich lieber begraben sehen, als daß ich ein Trunkenbold werden sollte, wie mein Vater. Ich versprach meiner sterbenden Mutter, nie jenes Gift zu berühren. Sie werden nicht wollen, daß ich jenes Versprechen breche." Nun, Alles was ich sagte, hatte keinen Erfolg. Ich gab den Mann auf. Meine Braut nahm den Brandy, wie ich ihn verordnete. Einige Tage später zeigte es sich mir klar und deutlich, daß sie schnell dahinschwand, während Sanford sich täglich besserte. Jene Worte „wenn ich sterbe, will ich meinem

Schöpfer mit klarem Geiste nahen," verfolgten mich an jenem Tage, als meine Emma den letzten Athemzug that, da ich wußte, daß ihr ihre Mutter kurz zuvor eine starke Dosis gegeben hatte. Sie verfolgten mich immer seit jenem Tage, und so wie Sie in Frau Harcourt's Falle, habe ich mir beim Tode meiner Braut Vorwürfe gemacht. Sanford besserte sich rasch. Die Lektion, die ich bekommen hatte, habe ich niemals vergessen. Bei einem meiner Besuche fragte er mich, ob ich je um Gottes Segen bei jedem Falle, den ich in die Hand nähme, bäte und ihm die Ehre gäbe bei jedem Erfolg. „Wenn Sie das thun, brauchen Sie keine stimulirenden Mittel zur Hilfe." Diese Worte prägten sich mir tief in's Herz. Sobald ich konnte, verreiste ich auf ein Jahr; meine Gesundheit hatte durch den Verlust, den ich erlitten, Schaden genommen. Ich wollte den Dr. Carpenter, den großen Leibarzt Ihrer Majestät, befragen, der vor ein paar Jahren eine Preisschrift veröffentlicht hatte, mit Zeugnissen von 1500 Aerzten und Männern der Wissenschaft von England, bestätigend, daß jedes Verordnen von berauschenden Getränken schädlich wirke auf jedes lebende Wesen, Thier und Pflanze. Alles dieses erklärte mir Dr. Carpen=

ter ausführlich, obwohl er nicht behauptete, daß man ein Leben nicht doch auf einige Zeit damit verlängern könnte, namentlich im Falle von Blutfluß, aber doch, wenn ich Brandy geben muß, verordne ich es in Dosen wie Gift, aber nie als Reizmittel. Nachdem ich heimgekehrt war und meine Praxis wieder aufgenommen hatte, kam ich zu dem Entschluß, Sanford's Rath zu befolgen und Gottes Segen in allen Fällen zu erbitten, und keine Reizmittel zu verordnen. Und eben dieses mein Beten um Gottes Segen hat mir den Namen „der betende Doktor" eingetragen."

Ja, es war wahr, er war bekannt unter diesem Namen, mehr denn irgend ein Anderer. Dr. Merton wußte es, und daß er gar manche verkommene Seele zu Christus gebracht habe. Gar oft holte man ihn auf's Land, wenn kein Prediger in der Nähe war; sobald er sah, daß ein Kranker nicht lange genug leben würde, um einen Geistlichen zu holen, kniete er selbst nieder und betete mit ihm.

Als Dr. Merton nach Hause kam, erstaunte er über die große Veränderung, die mit Frau Harcourt vorgegangen. Sie lächelte ihm matt zu, als sie ihm die Hand reichte; ihr ganzes

Die verhängnißvolle Erbschaft. 59

Aussehen trug den Stempel von innerem Frieden. Sie fühlte es, und der Doktor wußte es, daß ihre Tage gezählt waren. Nie stark, hatte das starke Trinken ihre Gesundheit völlig untergraben. Bevor wenige Wochen vergangen waren that sie ihren letzten Athemzug, die Hände ihrer treuen Freundin in den ihrigen haltend, der Freundin, die wie eine Mutter an ihr gehandelt, und die von nun an ihrem Knaben eine Mutter sein sollte.

Als der kleine Henry fünf Jahre alt war, begann Dr. Merton zu kränkeln. Da er reich genug war, ohne Praxis zu leben, gab er diese auf und ging mit Weib und Adoptivsohn nach Europa. Er bot sich an, seinen Pathen zur Vollendung seiner Studien auf einige Jahre mit sich zu nehmen; aber Herr Gregory wollte nichts davon wissen. Frau Gregory hätte das Opfer gebracht, aber ihr Gatte erklärte, er könne sich um Alles in der Welt nicht von seinem Sohne trennen.

Dachte er wohl daran, daß einst die Zeit kommen würde, wo er sich um eben diesen Sohn nichts bekümmern und in ihm sogar eine Last sehen würde, weil das, was er ihm kostete, ihm mehr zu Trinken verschaffen würde?

Dr. Merton drang in ihn, sich mit ihm der Sache der Temperenz anzuschließen, aber er wollte nichts davon hören. Er hielt sich für so stark, also wozu sollte er diesen Schritt thun? Kurze Zeit nach jenem ersten Fall der Trunkenheit kam er in einem noch weit schlimmeren Zustand nach Hause, obwohl er seinem Weibe versprochen, es sollte nicht wieder vorkommen. So ging es fort und fort; immer wieder versprach er, es sollte das letztemal sein, wenn er in das bleiche, thränende Gesicht seiner Gattin blickte. Aber die Zeit kam, wo er gar nicht mehr auf sie hinsah, noch kümmerte er sich um ihre Thränen und Bitten; denn nach Verlauf eines Jahres kam er selten mehr nüchtern nach Hause, und oft kam er des Nachts auch nicht nach Hause, ja oft ganze Tage lang nicht.

Sein Geschäft, das sie früher in Luxus und Reichthum erhielt, warf ihnen kaum mehr genug ab, sie bequem zu erhalten. Er schuldete große Summen in der Stadt, von denen seine Frau nichts wußte. Sie mußte leben und sich einrichten von dem, was ihr kleines Besitzthum abwarf. Aber selbst dieses blieb ihr nicht lange. Sie und ihre beiden Töchter thaten alle Arbeit

Die verhängnißvolle Erbschaft. 61

ohne Magd, nur um zu ersparen und Edwin auf dem College zu erhalten. Je mehr sie ersparten und sich abdarbten, desto mehr verbrauchte er, zumal er sich noch dem Spiele leidenschaftlich hingab.

Um des Friedens willen schwieg Frau Gregory, kein Vorwurf kam über ihre Lippen. Er kam taumelnd heim, mit rohen Worten, scheltend, daß das und das nicht besser für ihn hergerichtet sei.

Sie konnte nichts thun, als in ihr Kämmerlein gehen und hier ihr Gebet um Hülfe zu dem emporschicken, der die Herzen der Menschen lenken kann wie Wasserbäche. „Gieb mir meinen Gatten wieder!" schrie sie in ihrem gequälten Herzen; „gieb meinen Kindern ihren Vater wieder!" dessen Heimkehr sie jetzt mit Bangen erwarteten, denn nie hatte er jetzt ein freundliches Wort für sie. Eines Tages, nachdem er fortgegangen war, kam Denis, der oft aus Liebe zu seiner Herrin ihr bei der Arbeit half und sagte ihr, daß Ihr Gatte die Pferde verkauft und daß heute ein Mann kommen würde, sie zu holen.

„Die Pferde verkauft! aber wie können wir nun ohne sie das Heu und den Weizen einbrin=

gen?" fragte Frau Gregory voll Schrecken, denn es war gerade Erntezeit.

„O machen Sie sich keine Sorge darum, ich trage es auf meiner Schulter; aber was mich am meisten drückt, ist, daß der Herr auch mich los sein will, und was aus Ihnen wird ohne einen Freund, bei dem Sie sich aussprechen können, weiß ich nicht. Er sagte mir, er bedürfe meiner von nächstem Monat an nicht mehr, und bloß, weil ich ihm eines Tages gesagt habe, es wäre Unrecht, es so zu treiben, wie er es triebe und sein Geld mit einem solchen Kerl zu vergeuden, wie dieser Simpson, der ihn immer bis zur Gartenthür begleitet."

„Simpson!" wiederholte Frau Gregory, „ich habe diesen Namen noch nie gehört, wer ist er? Ich habe ihn noch nie gesehen."

„Ich glaub' es wohl, er nimmt sich wohl in Acht davor. Ich hörte, wie der Herr ihn eines Abends aufforderte mit herein zu kommen, doch er lehnte es ab. Soviel wie ich weiß, ist er ein Lump, der meinen Herrn in's Verderben bringt. Es bricht mir fast das Herz, wenn ich sehen muß, wie dieser sich geändert."

Verändert, ja, der liebende Vater, der am selben Abend noch heimkam, fluchend, daß er aus

Die verhängnißvolle Erbschaft.

den Pferden nicht soviel gelöst hätte, als er erwartet, und das, was er dafür bekommen, war Alles fort. „Es ist dieses Lümmels Schuld, doch nächsten Monat soll er marschiren."

„Und wer soll die Arbeit thun?" fragte sein Weib, „wenn du Denis wegschickst, der mir in den letzten zwei Jahren ein solcher Trost und Hülfe gewesen ist?"

„Denkst du, ich behalte deinen Jungen hier für immer bloß zum Faullenzen. Wenn er die Arbeit nicht thun kann, muß das Gut eben verkauft werden."

„Meinst du Edwin?" fragte Frau Gregory. So hart hatte er noch nie von seinen Kindern gesprochen.

„Wen sonst, soll ich meinen? Ich dulde länger keine Faullenzer und keine Spione, wie den Kerl, den Denis, den du, wie ich denke, hinter mir herschickst; denn jede Nacht, wenn ich nach Hause komme, treffe ich ihn an."

„O Mann, Mann, sprich nicht so; der arme Mensch ist kein Spion, dazu ist er zu gut, — es thut ihm nur so entsetzlich leid, daß du so tief gefallen."

Die Thränen rannen ihr aus den Augen, als sie ihres braven Knaben gedachte, der nun die

Farm bearbeiten sollte, statt sein Studium als Arzt, das er erwählt, zu vollenden. Er war in Toronto und sollte in ein Paar Tagen heimkommen, was würde er zu seines Vaters Vorschlag sagen?

Es hatte des armen Knaben Herz fast gebrochen, als er zum erstenmale seinen Vater in diesem traurigen Zustande sah. Doch jetzt war er noch schlimmer als das Jahr zuvor. „O, hätte ich ihn doch mit Dr. Merton gehen lassen, so wäre ihm doch dies Alles erspart geblieben."

Keinen gütigen Gruß gab es vom Vater, als er heimkehrte, nur rohe Worte kamen aus dem Munde dessen, der früher den Namen eines der gebildetsten, feinsten Herren hatte.

„O, mein armer Vater, wie tief bist du gesunken!" seufzte der Jüngling. „Ist es möglich, daß du noch derselbe Mann bist. Möge der Himmel meiner armen Mutter helfen! Was muß sie letztes Jahr Alles gelitten haben? Ich möchte nur wissen, woher das Geld kam, mit dem sie mich unterstützte? denn der Vater hat sich dem Dämon völlig in die Arme geworfen."

Er ging, um Denis zu finden, in den Stall. „Aber wo sind denn die Pferde?" fragte er den treuen Diener.

„Verkauft, junger Herr; und das Nächste wird das Anwesen sein. Denn Ihr Vater sagte mir, daß er vom nächsten Monat an mich nicht behalten wolle."

„Unmöglich, Denis," sagte Edwin, „du mußt bei meiner Mutter bleiben. Wie in aller Welt soll sie leben, wenn das Land nicht bebaut wird?"

„Ich wollte für nichts arbeiten; denn nie gab es einen solchen Engel, als meine Herrin; aber der Herr behält mich nicht. Ich habe ihn beleidigt, weil ich ihm in einer Nacht nachging. Er war noch nicht so tief gesunken, und so sagte ich ihm denn, was ich von seiner Aufführung dachte und wie er meine arme liebe Herrin behandle. Ein Stein könnte weinen, anzuhören, wie er flucht und schwört; aber sie sagt kein Wort und ist so freundlich zu ihm, wie er war, da er noch anders war. Es übersteigt mein Fassungsvermögen, wie das Trinken einen Mann so ändern kann."

„Daran ist kein Zweifel," erwiderte Edwin. „Ich vertraue auf Gott, er wird mir Kraft geben, mich von diesem Laster mein Leben lang fern zu halten. Bis jetzt weiß ich noch nicht einmal wie es schmeckt."

„Nun, ich war einst selbst ein Freund von einem Gläschen und machte mich ein= oder zwei=mal zum Thiere, aber der Anblick des Herrn hat mich geheilt. Ich habe seit einem Jahr und länger keinen Tropfen mehr getrunken."

„Thu es nicht mehr, Denis, du würdest besser thun, dich einer Mäßigkeitsgesellschaft anzuschlie=ßen, es wird dir helfen, dich davon zu enthalten. Hätte es mein Vater vor Jahren, als Dr. Merton ihn dazu aufforderte, gethan, er würde nie so tief gefallen sein. Nur Gott kann ihn wieder auf den rechten Weg bringen."

Seine Mutter behielt ihre Leiden soviel als möglich für sich, aber gar oft kochte Edwins Blut, wenn er mit anhörte, wie sein Vater mit seiner Mutter sprach. Man hätte denken kön=nen, er hätte nie zu einer besseren, sondern immer nur zur niedrigsten Klasse von Menschen gehört.

Edwin behandelte er ebenso, denn es ärgerte ihn in sein männliches Gesicht zu blicken. Die Mädchen gingen ihm gänzlich aus dem Wege, wenn er zu Hause war, sie verließen das Zimmer und betraten es nicht mehr, so lange er darin war. Aber Edwin verließ seine Mutter nie, das wußte er, und das machte ihn böse; je tiefer er sank, desto mehr schien er sich rühmen zu wollen mit dem, worüber er sich hätte schämen sollen.

Er sagte Edwin eines Tages, wenn er die Farm nicht bearbeiten könnte, so könnte sie mit allem, was dazu gehörte, zur Hölle gehen, und er würde sie los werden.

„Mein Vater, du wirst sie nicht verkaufen!"

„Und wer wird mich hindern, du elender Junge?" schrie sein Vater und erhob die Hand, um Edwin zu schlagen. Aber Frau Gregory sprang dazwischen und empfing den Schlag in ihr Gesicht, so daß das Blut aus ihrer Nase strömte und sie beinahe ohnmächtig wurde; er rann aus dem Hause wie ein Wahnsinniger und sie sahen ihn diese Nacht nicht mehr. Nicht weit von ihnen wohnte eine Familie, die einst große Freundschaft für Frau Gregory gezeigt hatte, nun aber seit Langem ihren Gatten auf= nahm und ihm half, sein Geld zu vergeuden. Als ihnen Frau Gregory darüber Vorwürfe machte, was sie für ein Unrecht an ihr und ihren Kindern thäten, verlachten sie sie nur und mein= ten, ihr Gatte wäre auch nicht schlechter als andere Männer.

Denis mußte fort, und obgleich Edwin sein Bestes that, konnte er doch nur wenig fertig bringen. Bald zeigte sich überall Mangel. Nicht allein, daß sein Vater nichts nach Hause brachte, nein, er verkaufte auch noch ein Stück nach dem andern; daneben war das Jahr noch sehr naß, und die Ernte verfaulte, bevor Edwin sie einheimsen konnte. An einem Tage lieh ihm ein gütiger alter Mann ein Pferd, aber er sah wohl, daß sie ihre Besitzung verlassen müßten. „Nicht verkaufen, Mutter, aber verpachten wollen wir sie, wenn wir können. Laß uns in die Stadt ziehen; dort werde ich mich nach Beschäftigung umsehen und dich unterstützen. Die Mädchen werden Schüler finden; so sprich denn, wenn du Gelegenheit findest, mit Vater — ich denke, es ist besser so — wenn wir ihm näher sind, wird er nicht jede Nacht mehr wegbleiben."

„O, Edwin, mein Sohn, ich habe fast jede Hoffnung aufgegeben, daß er je wieder besser wird," erwiderte sie mit trauriger Stimme.

„Du mußt die Hoffnung nicht aufgeben, so lange du das Gebet nicht aufgibst," antwortete Edwin, sanft seine Hand auf der Mutter Schulter legend, „denke an die Frau in der Schrift, die empfing, was sie bat, bloß weil sie nicht aufhörte zu beten."

Die verhängnißvolle Erbschaft.

„Ja, ich weiß, aber wenn man Jahr um Jahr am Gebete anhält und kein Gehör findet, wird man müde und verliert den Glauben," sagte sie.

„Nein, o nein, Mutter, verliere den Glauben nicht, obwohl die Erhörung zögert, die Seufzer des Gebetes sind nie umsonst, Gott wird dich zuletzt doch noch erhören."

Eines Tages, kurz nachher, brachte Herr Gregory einen Mann aus der Stadt mit, der sich das ganze Anwesen besah, aber das Haus nicht betrat, und in derselben Nacht, als die Kinder schon zu Bette waren, legte er ein Papier auf den Tisch, tauchte die Feder in die Tinte und befahl seinem Weibe ihren Namen zu unterzeichnen.

„Was ist es?" fragte sie; obgleich er halbwegs nüchtern war, setzten sie doch seine wild funkelnden Augen in Furcht, „was ist es, das ich unterzeichnen soll?"

„Du brauchst nicht zu fragen, thu, was ich dir sage; du verstehst es nicht."

„Ich werde es zu verstehen suchen. Erkläre es mir." Sie fühlte und ahnte es, es galt den Verkauf ihres Heims. O, wie kamen ihr die Worte Dr. Mertons in den Sinn: „Ist es ganz und gar Ihr Eigenthum?"

„Nein, ich werde es dir nicht erklären. Was für ein Recht hast du, danach zu fragen? Ich werde dir jeden Knochen im Leibe zerbrechen, wenn du nicht sogleich unterzeichnest."

Er hatte die Thüre geschlossen, aber Edwin stand außen und hörte jedes Wort, das sein Vater sagte, und er rief seiner Mutter zu, nicht zu unterzeichnen; sie aber, die Aermste, das Aergste fürchtend, schrieb schnell ihren Namen, und hatte darauf sich und ihre Kinder heimath= los gemacht.

Sobald es geschehen war, nahm er das Pa= pier, öffnete die Thüre und stürzte an Edwin vorbei in die Nacht hinaus. Sie sahen ihn eine ganze Woche nicht mehr; dann kam er und sagte ihnen, er hätte ein Haus in der Stadt gemiethet und sie müßten morgen ausziehen.

Viertes Kapitel.

Sie lebten nun in der Stadt, aber ihre Hoffnungen, daß der Vater und Gatte sich bessern würde, waren umsonst. So lange er das aus dem Verkauf ihres Besitzthums erlöste Geld hatte, trieb er es noch schlimmer als zuvor. Er gab Frau Gregory nicht einmal Geld, Winterkleider für sich und die Kinder zu kaufen.

Edwin hatte einen Platz als Assistent bei Dr. Green, dem Nachfolger Dr. Mertons, gefunden und Lydia als Lehrerin. Was sie verdienten, half zu Hause. Aber so sehr Frau Gregory sich einschränkte und sparte, gar oft gab es Mangel, von dem die Welt nichts wußte. Sie wollte ihren Gatten nicht der Schande preisgeben, so lang sie noch helfen konnte; oft machte sie Entschuldigungen für dies und das, obgleich sie es zu thun haßte. Sie konnte es nicht in die Welt hinausschreien: „Mein Gatte trinkt; er vergeudet sein Geld in zügellosem Leben, und das ist der Grund, daß ich mich in Schulden stürzen muß und daß ich nicht bezahlen kann, wie ich versprochen."

O wie viele, gleich Frau Gregory duldende Frauen gibt es noch heute in der Welt, die falsch beurtheilt werden, weil sie die wahre Ursache ihres Handelns nicht sagen oder sagen können; die versuchen viel aus nichts zu machen, immer hoffend, immer vertrauend, daß bald ein besserer Tag komme.

Als der Winter vorschritt, wenn Jeder hinreichend Feuerungsmaterial haben sollte, saß Frau Gregory, um Holz und Kohlen zu sparen, in einem kalten Zimmer, denn gar oft mußte sie kaum woher das Geld nehmen, um das zum Leben Allernothwendigste zu kaufen. Sie versuchte alle möglichen Wege, ein wenig Geld zu verdienen, daß die Last nicht so schwer auf ihrer Kinder Schulter ruhen sollte.

Edwin war nicht wohl; sein zartes Herz brach fast bei dem Anblick des häuslichen Elendes. Er war öfters kränklich, aber nie blieb er zu Hause, wenn die Pflicht ihn hinausrief. Er wohnte bei Mr. Green; so sah er dann seine

Die verhängnißvolle Erbschaft. 73

Mutter nicht oft. Es war ein sehr ungesunder Winter. Als er seine Mutter eines Tages besuchte, erschrack sie bei seinem kranken Aussehen. Er hatte einen kurzen Husten und eine Röthe auf den Wangen, die seine Mutter nur zu gut kannte.

„Edwin, mein Sohn, was fehlt dir?" rief sie, seine heißen Hände in die ihrigen nehmend. „Was hast du gethan, um einen solchen Husten zu bekommen?"

„Mache dir keine Sorge darüber, Mutter," erwiderte Edwin, es ist wirklich nichts. Ich bin ein Bischen überarbeitet, das ist Alles. Es wird besser werden, wenn der Frühling kommt; dann haben wir nicht so viel zu thun."

Sie wußte nicht, daß er viele Stunden, nachdem er seine Arbeit für Dr. Green gethan hatte, beim Studiren saß, oft in einem kalten Zimmer. Auch sagte er ihr nicht, daß er um sich zu vervollkommen so handeln müsse, da er keine Aussicht hatte, je auf die Universität zurückzukehren.

Er fragte nach seinem Vater, wie er immer that. Jedes der Kinder behandelte ihn mit Achtung, obwohl keines ein freundliches Wort von ihm hörte; er redete entweder grobes oder närrisches Zeug. Doch hatte sie Frau Gregory gelehrt, nie zu vergessen, daß er ihr Vater sei.

„Ist Vater zu Hause?" fragte Edwin, denn er dachte, er hätte oben Geräusch gehört, das nur von ihm kommen konnte.

„Ja, er kam heute Nachmittag heim und sprach davon nach Kingston zu gehen nach einem Contrakt. Wie kann ich ihn allein gehen lassen; er könnte nicht mehr zurückkommen."

„Es wäre gut, wenn es so käme," sagte seine Schwester.

Edwin legte seine Hand sanft auf der Schwester Arm und sagte: „Husch! du weißt nicht was du sagst!"

„Nun, dieser Tage werden sie ihn schon einmal todt heim bringen," sagte sie bitter, wie soll es anders kommen bei der Art und Weise, wie er es nun treibt. Er ist jetzt schlimmer als er je war."

„Betet ohne Unterlaß," sagte ihr Bruder, „und Gott wird uns endlich erhören und diesen bittern Kelch an uns vorübergehen lassen. Ich weiß und fühle es, daß wir noch einmal einen liebenden Vater, wie früher haben werden."

„Ich hoffe nur, es wird bald eintreten oder Mutter erlebt es nicht mehr," während diese am

Die verhängnißvolle Erbschaft. 75

Fenster stand und ihrem Gatten nachschaute, der jetzt das Haus verließ und Etwas unter seinem Arme versteckt hielt. In der letzten Zeit hatte er alle Teller im Hause gestohlen und Frau Gregory mußte viele Dinge entbehren, so daß ihr Heim keineswegs glänzend eingerichtet war. Doch machte sie es so gemüthlich als es ihre Mittel nur erlauben wollten. Sie hatte immer Etwas zum Essen für ihn bereit, selbst wenn sie selbst hungern mußte.

Alle ihre früheren Freunde waren Sonnen= scheinfreunde. Als der Jammer kam, kannten sie sie nicht länger. Ihre einzigen treuen Freunde waren weit weg und seit Langem hatte sie nichts mehr von ihnen gehört. Sie wußten ihre Noth und gar viele freundliche Briefe er= hielten sie von Dr. Merton, indem er seinen Freund bat, von seinen schlimmen Wegen zu las= sen; aber Herr Gregory beantwortete sie nie, oft las er sie auch gar nicht.

Sie konnten nicht heimkommen, denn wie Dr. Merton schrieb, stund es schlecht mit seiner Ge= sundheit und er mußte in Deutschland bleiben, wenigstens bis sein Adoptivsohn seine Studien vollendet, was in zwei Jahren geschehen sollte.

„O Edwin, ich wünschte, du wärest jetzt in

Deutschland. Ich habe es schon oft zuvor gewünscht, aber wenn du nur jetzt dort sein könntest, du siehst so krank aus."

"Ich bin nicht krank, Mutter, und so oft ich auch gewünscht hatte, fortgegangen zu sein, danke ich doch Gott, daß Vater mich zurückhielt, als meine Pathe mich mitnehmen wollte. Was würdest du in all diesem Jammer gethan haben, wenn du nur die Mädchen bei dir gehabt hättest. Aber ich wünschte, Dr. Merton wäre hier, denn wenn ein Mann auf Vater guten Einfluß haben könnte, so ist er es; aber er wird nie zurückkommen."

Ja, in der That, was hätte sie gethan ohne ihren Sohn, in der Zeit, da ihr das Herz beinahe brach. Sie brachte die Nächte schlaflos hin, sei es wartend auf ihres Gatten Heimkehr, sei es wachgehalten von seinem unsinnigen Geschwätz.

Doch fühlte sie Freude bei all ihrem Elend in dem Gedanken, daß Gott ihr einen so guten Sohn geschenkt. Er war liebenswürdiger als ihre Tochter, welche schon längst von ihr gegangen wäre ohne den sanften Einfluß ihres Bruders, der sie immer bat, Geduld zu haben, es würde zuletzt Alles noch gut werden.

Als Frau Gregory sich in jener Nacht nieder=
kniete, flehte sie Gott an, ihr nicht eine noch
größere Heimsuchung, als sie bis jetzt gehabt,
zu senden, und ihren geliebten Sohn auf's Kran=
kenbett zu legen. Es fehlte ihm Etwas. Sie
mußte Dr. Green fragen und seine Ansicht hö=
ren; er mußte ja sehen, daß er krank war, er
hatte sich in einer Woche so vermindert. Am
nächsten Tag ging sie zu ihm.

"Dr. Green, was fehlt meinem Sohne?" be=
gann sie. "Haben Sie nicht gesehen, wie krank
er gestern aussah?"

"Jawohl, Frau Gregory, und ich rieth ihm,
im Hause zu bleiben, er hat einen Husten, der
mir nicht gefällt. Seines Vaters Trinken tödtet
ihn Zoll für Zoll, denn er hat das zarte Herz
einer Frau. Er sieht ihn oft auf der Straße,
es verletzt sein Ehrgefühl, er kann nicht an ihm
vorübergehen, ohne mit ihm zu sprechen, und so
steht es ihm immer vor Augen und läßt ihn
nicht ruhen, selbst wenn ich seiner Dienste nicht
bedarf. Doch glauben Sie mir, ich werde Alles
was ich kann für ihn thun."

Und so that er auch; aber schon nach einigen
Tagen fühlte sich Edwin so krank, daß er das Bett
hüten mußte und seine Mutter ihn heimnahm.

O die traurige Zeit, die für die arme Frau kam, als sie sah, wie ihr geliebter Sohn so schnell dahinschwand, — denn es war die galoppirende Schwindsucht, und ehe viele Wochen vergangen sein würden, würde er nicht mehr am Leben sein. Jedoch brachte dies seinen Vater zurück? Nein; ein paar Tage lang, als er ihn zuerst sah, fühlte er Schmerz, und versprach, sich zu bessern, doch es war nur ein Versprechen, nichts weiter. Er trieb es gerade, wie zuvor, und ließ sich nicht überreden, in seines Sohnes Zimmer zu gehen, denn er konnte es nicht ertragen, ihn anzusehen. Im Innersten seines Herzens liebte er ihn, wie auch sein Weib, aber — er liebte den Brandy mehr, und Satan hatte seine Krallen so fest um ihn geschlagen, daß er seiner Gewalt nicht widerstehen konnte.

„O Edwin, mein Sohn," schrie Frau Gregory, „muß ich wirklich von dir scheiden, dir, der du mir ein solcher Trost warst? Wie soll ich leben ohne dich, wenn du nicht mehr bist?"

„Gott wird dein Helfer und Tröster sein, Mutter, und die Mädchen werden dich nicht verlassen, bis Vater sich bessert, was, wie ich hoffe, bald geschieht. Weißt du, Mutter, ich habe mir oft gedacht, seit ich hier liege, daß mein Tod viel=

Die verhängnißvolle Erbschaft. 79

leicht das zu Stande bringt, was andere Mittel nicht konnten. Es thut mir oft weh, euch alle verlassen zu müssen, doch hege ich das feste Vertrauen, daß wenn ich im Himmel bin, ich auf euch als eine glückliche Familie herabsehen kann. Sollte mein Tod dieses bezwecken, so will ich gerne sterben. Ich glaube dieser Kummer ist Schuld an meiner Krankheit."

Während dieser Krankheit mußte Frau Gregory vieles verkaufen, um für ihren Sohn das Nöthige herbeizuschaffen. Da er dieses wußte, war die Heimsuchung für ihn noch härter. Lydia gab ihren ganzen Verdienst, und sie aßen oft trockenes Brod und tranken schwachen Thee, um nahrhafte Speisen für ihre Eltern zu bekommen.

Wie Herr Gregory während dieser traurigen Zeit lebte, wußte nur er selbst. Er schränkte sich nicht im Geringsten ein. Wenn er einmal einen Plan zeichnete, der ihm gut bezahlt wurde, fanden gar wenige Thaler ihren Weg in sein Haus.

Der letzte Tag von Edwin's Leben war gekommen, er fühlte es, und seine Mutter sah es. Sie bat ihren Gatten, nicht auszugehen. — „Edwin wird den heutigen Tag nicht überleben."

„Ich muß ausgehen," sagte er, „ich werde aber bald wieder zurück sein."

„Geh' wenigstens hinein und sieh ihn, bevor du gehst," bat sie ihn, „er hat die ganze Nacht nach dir gefragt. O Otway, ist es denn möglich, daß du alle Liebe zu uns verloren hast?" Er war jetzt nüchtern, vollkommen nüchtern — wenn sie ihn nur zu Hause halten könnte. Wenn er nur bei Edwin im Zimmer bliebe. Sie war fest überzeugt, jetzt war die beste Zeit ihn zu retten. Er zitterte am ganzen Leibe, denn er hatte seinen Morgentrunk noch nicht gehabt.

Er sagte: „Ich kann jetzt nicht hineingehen; ich werde bald wieder da sein."

Mit diesen Worten verließ er schnell das Haus, und die arme Frau ging in eine Ecke, wo sie bittere Thränen vergoß und zu Gott betete, er möchte des Gatten Herz ändern, und ihn vom Pfade der Sünde zurückbringen.

Früh an jenem Morgen kam ein Brief von Herrn und Frau Dr. Merton. Sie hatten von dem Elend und der schweren Krankheit Edwin's ohne Zweifel durch Dr. Green gehört. Dieser Brief brachte Frau Gregory großen Trost, nicht nur wegen der darin ausgesprochenen christlichen Theilnahme, sondern er enthielt auch eine Hundertpfundnote zur besseren Verpflegung seines Pathen. Doch es kam zu spät; er bedurfte keine irdische Speise mehr. Aber es freute ihn doch, und machte ihm die letzte Stunde leichter.

Seine Augen leuchteten, als seine Mutter ihm den Brief vorlas. „Lies diese Stelle noch ein=
mal, Mutter, ich wünschte du würdest sie dir in's Herz schreiben," meinte er, sich an seine Mutter und seine Schwestern wendend.

Frau Gregory las noch einmal mit von Thrä=
nen fast erstickter Stimme:

„Hoffnung steht immer vor den Augen des Glaubens. Eure Hand soll noch halten das zer=
brochene Rohr; eure thränenden Augen sollen noch getrocknet werden, und vom Gipfel des Ber=
ges werdet ihr noch auf die grüne Weide kom=
men. Er wird noch einmal die höllischen Ketten des Trunkes brechen, und sich erheben zu einem rechten Mann."

„Ja Mutter, er wird noch siegen, ich weiß und fühle es. Ihr werdet noch eine glückliche wieder vereinigte Familie werden."

„Wir können ohne dich nicht glücklich sein, Edwin," sagte seine Schwester.

„Ja, ihr werdet es sein, meine Lieben; denn ihr werdet nicht trauern als die da keine Hoff=
nung haben. Unsere Pilgrimschaft auf Erden währt ja nur einige kurze Jahre, und dann wer=

den wir uns wieder treffen vor dem Throne der Gnade, um nie mehr getrennt zu werden."

Der Tag nahm zu. Herr Gregory kehrte nicht zurück wie er versprochen. Der Doktor kam und brachte seine Frau mit, damit sie bei Frau Gregory bliebe in diesen Stunden der Trauer. Dr. Green ging, um Herrn Gregory zu suchen, er ging überall hin, wo er zu sein pflegte — er fand ihn nirgends.

„Guter Gott," sagte der Doktor zu sich, „ist es möglich, daß ein Mann so tief sinken kann, daß er alle Liebe zu seiner Familie verliert, so daß er nicht einmal am Todestage seines Sohnes zu Hause bleiben kann. Es ist schrecklich, es nur zu denken."

Edwin lag mit halbgeschlossenen Augen da, sie nur öffnend um zu sehen, ob sein Vater noch nicht da wäre.

Der Schnee fiel in dichten Flocken, und in der Nacht stürmte es ordentlich. Mutter und Toch=
ter lauschten auf jeden Schritt, hoffend, daß es der des Vaters wäre. Edwin's letzte Stunde war da, und noch kam er nicht.

„Mutter, liebe Mutter, wenn Vater nach Hause kommt, sag' ihm, wie weh es mir that, ihm nicht zum letztenmal den guten Nachtgruß

Die verhängnißvolle Erbschaft.

gegeben haben zu können. Vielleicht rührt es ihn. Und sag' ihm, wenn er mich todt sieht, daß mein letzter Wunsch, mein letztes Gebet auf Erden war, daß er sich bessern möchte, so daß ich ihn im Himmel wiedersehen möge, wenngleich ich ihn nicht mehr sehen kann, bevor ich scheide."

„O wenn ich nur wüßte, wo er zu finden ist," sagte seine Schwester, „ich würde gehen und ihn heimholen. Es ist wirklich schrecklich von ihm, nicht hier zu sein in einer solchen Stunde. Komm, Lydia, laß uns gehen und sehen, ob wir ihn finden können," flüsterte sie ihrer Schwester zu.

Sie machten sich durch den Schnee auf den Weg. Sie gingen an zwei Plätze, wo er, wie sie wußten, häufig verkehrte — aber er war nicht da. O wie schauderte es sie, nach ihm in diesen Höhlen zu fragen, wo lautes Gelächter und Spottreden ihre Ohren trafen, wenn die Insassen hörten, daß Gregory's Töchter nach ihm suchten.

Eben als sie sich heimwärts wandten, sahen sie drei oder vier Männer aus einer dieser Höhlen des Verderbens kommen, in trunkener Lust singend — und ihr Vater war Einer von ihnen. Er bemerkte sie nicht, sondern ging Arm in Arm mit einem Kameraden, als ob er in eine andere

Straße biegen wollte. Lydia sprang vorwärts und rief:

„Vater, komm heim, Edwin liegt am Sterben!"

Ihr blasses, thränenüberströmtes Gesicht erschreckte die ganze Gruppe, während ihr Vater sie wild anstierte, doch war er zu stark betrunken, als daß er den Sinn ihrer Worte hätte verstehen können. Sie nahm ihn beim Arm, und sie und ihre Schwester führten ihn heim durch den Schnee. Er sprach auf dem ganzen Wege kein Wort, aber als sie auf der Thürschwelle standen, fragte er: „Was war es, das du sagtest, Lydia, ich vergaß es."

„Daß Edwin, der theure Edwin, im Sterben liegt, und du hast nicht einmal in sein Zimmer gesehen, bevor du weggingst," sagte sie schluchzend.

„O, das macht nichts, ist gut, Mädchen," murmelte er, sich gegen die Wand lehnend.

Sie sahen wohl, es war nutzlos, ihn in Edwin's Zimmer zu bringen, er war zu betrunken; so führten sie ihn denn in sein Zimmer, wo er wie ein Klotz auf sein Bett sank, ohne Bewußtsein, daß der Engel des Todes unter seinem Dach eingekehrt war, um eine jugendliche Seele abzuholen.

Die verhängnißvolle Erbschaft.

Als die Schwestern in's Zimmer ihres Bruders traten, war Alles vorbei. Edwin, der gute, liebende Sohn, der treue, beständige Bruder war heimgegangen. Seine letzten Grüße an Schwestern und Vater hatte er Dr. Green aufgetragen, der ihm auch die Augen zudrückte.

Ihre arme, im innersten Herzen gebrochene Mutter lag auf dem Sopha unter Pflege der Frau Dr. Green und sah aus, als wollte sie ihrem Sohne auch bald folgen. Sie erhob sich in ihrer Liebe für den armen verirrten Gatten, den sie trotz ihres Schmerzes nicht vergaß und sagte: „Deckt ihn warm zu." O, wer kann die Liebe eines treuen Weibes ergründen? Sie wankt nie, wie schlecht der Mann sie auch behandelt, sie hält treu zu dem, der einst ihr Alles war auf der weiten Welt. So hatte sie denn auch ein taubes Ohr für den Rath ihrer Freunde, ihn sich selbst zu überlassen. Sie wußte, daß, wenn sie es that, die Pforten der Hölle ihn unmittelbar aufnehmen würden.

Herr Gregory schlief bis zum nächsten Abend, und es dunkelte bereits, als er aufstand. Er trank gierig eine Tasse kalten Thee, die bei seinem Bette stand. Er fühlte etwas in seinem Herzen, was er lange nicht darin verspürt, Etwas wie Reue. Aber sein Geist war so umnachtet, daß er sich nicht entsinnen konnte, was er Besonders gethan habe oder was sich ereignet hätte. Er erinnerte sich, wo er gewesen; ja, er hatte zwei Dollars eingenommen, hatte dann ein Glas trinken und nach Hause gehen wollen. Aber er hatte Thornton und ein oder zwei Andere getroffen und sie waren miteinander zum Essen gegangen und er hatte für Alle bezahlt und dann — dann — er konnte nicht recht herausbringen, was ihn nach Hause brachte. Er war sehr hungrig, aber er fand nichts zu essen im Zimmer. Doch warum war es so still im Hause? Wo war sein Weib? O, er erinnerte sich nun, sie würde wohl in Edwin's Zimmer sein.

Er langte in seine Taschen. „Nicht ein rother Cent," murmelte er, „was für ein Narr bin ich doch; ich glaube nicht, daß ich es alles ausgegeben, die Kerle haben mich wieder rein ausgezogen."

Er öffnete die Thüre und sah hinaus. Kein Laut, todtenähnliche Stille herrschte überall, es machte ihn schaudern vom Kopf bis zur Zehe. Endlich ging er in Edwins Zimmer; es war fast Nacht. Auf einem kleinen Tischchen brannte ein Wachslicht, welches Frau Dr. Green angezündet hatte, die noch im Hause weilte bei der armen Mutter. Eine unsichtbare Hand trieb Herrn Gregory an's Bett, auf dem die sterblichen Ueberreste seines Sohnes lagen, seines einzigen Sohnes, dessen liebendes Herz er so tief gekränkt, dessen Leben er, der irrende Vater, gebrochen. Er schlug die Decke zurück von dem kalten aufwärts gekehrten Gesicht — nur einen Moment — dann mit einem Schrei der Verzweiflung warf er sich nieder an der Seite seines Sohnes, dessen Herz er gebrochen.

Der Schrei trieb Frau Gregory, ihre Tochter und Frau Dr. Green in's Zimmer. Da sahen sie denn, wie er die erkalteten Lippen mit seinen Küssen bedeckte, seinen Sohn um Verzeihung anrief und ihn flehentlich bat, nur noch einmal zu ihm zu sprechen. „O Edwin, mein Sohn, o daß dein verkommener Vater hätte für dich sterben dürfen!"

Es war zum Erbarmen ihn zu sehen. Sein Weib bedeutete den Andern das Zimmer zu verlassen und dann kniete sie bei dem geliebten Todten nieder. Und indem sie ihren irrenden Gatten an ihrer Seite niederzog, sagte sie ihm Edwins letztes Gebet und flehte Gottes Segen und

Hilfe herab auf den Gatten, daß er in der elften Stunde noch möge gerettet werden vom ewigen Tod.

„O Lydia, mein armes Weib, kannst du, willst du mir vergeben alles, was du durch mich gelitten?" bat er; die dick fallenden Thränen ließen ihn kaum sehen; „ist deine Liebe ganz todt, jene treue, wahre Liebe, die ich so schnöde mit Füßen getreten habe. Kannst du, willst du mir wieder deine Liebe zuwenden? Und hier bei der Leiche deines Lieblings, dem edelherzigen Sohne, schwöre ich es dir, nie wieder einen Tropfen jenes Giftes zu kosten, das mich beinahe zu Grunde gerichtet. Mein ganzes künftiges Leben soll der Temperenzsache gewidmet sein. Ich will, so Gott mich verschont, von Meer zu Meer wandern, den Männern die Geschichte meines Falles und meiner Thorheit zu erzählen. Willst du mir vergeben, liebes Weib?"

„Still, Otway, still," rief Frau Gregory und legte ihre Arme um seinen Hals, „ich vergebe dir Alles, und wenn du wieder auf den Weg der Wahrheit und Nüchternheit zurückkehrst, ist selbst der Tod unseres Lieblings kein zu großes Opfer. Mit Freude wird er, der nun vor dem Throne des Vaters steht, herabsehen und große Freude wird sein unter den Engeln über den einen Sünder, der Buße that."

Im Sterbezimmer kniete lange der Vater, der Gatte, Verzeihung suchend für vergangene Sünden und Kraft für die Zukunft, dem Versucher zu widerstehen. Endlich erhob er sich von seinen Knien und er fühlte, daß er gesiegt habe.

Als der Tag herankam, legten sie Edwin in's Grab. Die Wenigen, die ihm zu seinem letzten Ruheplatz folgten, waren tiefbewegt und zu Thränen gerührt durch den Anblick des gebrochenen Vaters und als er sich bei dem frischen Hügel niederkniete zum Gebete, wußten alle, daß durch Gottes Gnade noch ein armer Sünder dem brennenden Feuer entrissen war.

Pastor M. und Dr. Green führten ihn nach Hause.

"Eine Heimath soll es noch einmal werden, so Gott mich erhält."

"Beten Sie um seine Hilfe, Herr Gregory," erwiderte der Geistliche. "Er wird Ihnen helfen und Ihr Beispiel wird noch Viele vom Pfade des Verderbens zurückbringen, wenn Sie ihnen erzählen, wie große Dinge der Herr an Ihnen gethan."

Frau Gregory lag lange Zeit zwischen Leben und Sterben, doch endlich erholte sie sich wieder zu neuem Leben, denn ihr Gatte war in der That wiedergeboren.

Fünftes Kapitel.

Eine große Gesellschaft war in dem Hause des Herrn Vernon, eines der ersten Männer von Quebec, versammelt, als ein neu angekommener gemeldet wurde, Herr Harry Harcourt, der eben von Europa, wo er mit seinen Eltern gewesen war, seit er ein kleiner Knabe war; beide waren daselbst gestorben. Er war Advokat und wollte sich in dieser Stadt niederlassen. Man sprach von ihm als einem Manne, ungeheuer reich und schön. Kein Wunder, daß Väter und Mütter mit heirathsfähigen Töchtern seine Gesellschaft suchten.

Unter den Gästen befand sich auch Richter Armitage, sein Weib und seine Tochter, ein Mädchen von 18 Jahren, das einzig überlebende Kind seiner starken Familie, und auf sie ergoß sich alle Liebe ihrer Eltern. .

Als Frau Vernon Clara Armitage Herrn Harry Harcourt vorstellte, fühlte sich dieser ganz bezaubert von ihrer Anmuth und Grazie.

Als sie aufblickte und seinem dunkeln schönen Auge begegnete, erröthete sie.

Ihr Vater, der für Männer, die viel gereist waren, eine besondere Vorliebe und Verehrung hegte, war gar bald mit ihm in eine tiefe Unterhaltung über die Gesetze der neuen und alten Welt verwickelt.

Nach seiner Eltern Tode hatte Harcourt ganz Europa bereist, und seine Zeit gut benutzt, um Gesetz und Verwaltung aller Länder zu studiren. In seiner begeisterten Schilderung fand er einen willigen Hörer an dem Richter.

Clara, an der andern Seite des Zimmers, lauschte gespannt auf jedes Wort, das von seinen Lippen kam, obgleich es den Anschein hatte, als schenkte sie dem Geplauder zweier ihrer Freundinnen die größte Aufmerksamkeit.

Harry führte sie zu Tische und gab ihr dort glänzende Proben seines Unterhaltungstalentes, indem er ihr den Unterschied des gesellschaftlichen Lebens beschrieb im neuen und alten Vaterlande.

Als Wein herumgereicht wurde, sah sie, wie

Die verhängnißvolle Erbschaft.

er ihn zurückwies, selbst als der Wirth in ihn
drang mit den Worten: „Ganz gewiß sind Sie
kein Anhänger der völligen Enthaltsamkeit?"

„Nein, nicht vollständig, aber ich trinke keinen
Wein, er bekommt mir nicht gut," sagte er mit
erhöhter Farbe im Gesicht sich an Clara wendend,
die an einem Glase Portwein nippte.

„So trinken Sie Brandy," sagte der Wirth,
„oder was Sie wollen. Wir haben Alles im
Hause, nur sagen Sie, was Sie wünschen."

„Nichts heute Abend, ich danke, ich habe Kopf=
weh, so will ich lieber nichts als eine Tasse Kaffee
zu mir nehmen."

Harry Harcourt, bist du so ein Feigling, daß
du nicht sprechen kannst: „Freunde, ihr seht hier
einen, dem ein verhängnißvolles Erbe anhaftet.
Wenn ihr mich liebt, wenn ihr mein Bestes
wollt, zeigt mir nie Getränke, laßt mich nie jenen
giftigen Geruch einathmen, oder der Versucher
wird seine Krallen um mich schlagen, und ich
ginge verloren wie mein Vater."

Nein, er mußte Vorwände suchen, die Gesell=
schaft möchte ihn verlachen. Er konnte es nicht
ertragen, sich lächerlich zu machen; er mußte
darum die Geschichte seiner Eltern verschweigen;
es ist so lange her, Niemand erinnert sich dessen

mehr, am wenigsten in Quebec. Als er die Gesellschaft verließ, erhielt er eine warme Einladung von Richter Armitage auf den folgenden Tag zum Mittagessen, was er gerne annahm, denn zum erstenmale hatte er sein Herz verloren.

Gar bald wurde er ein ständiger Besucher des Hauses des Richters Armitage, und jedesmal, wenn er Clara sah, fühlte er, daß es außer ihr kein Glück auf der Welt gäbe. „Ich wünschte, ich könnte ihr die traurige Geschichte meiner Eltern erzählen," sagte er eines Tages zu sich, als er des Richters Haus verließ. „Ich kann es nicht, vielleicht würde sie mich nie mehr ansehen, in der Furcht, daß ich jenes Laster geerbt hätte. O Gott weiß, welch lebenslanger Kampf es für mich war, mich davon zu enthalten. Soweit habe ich gesiegt. Soll es immer so sein? Ja, dieser süße Engel soll mir helfen, wenn ich sie gewinne. Ich sage ihr Alles, wenn sie mein Weib ist."

Er begann sein Geschäft, — ein junger, reicher Advokat mit großer Erfahrung war ein bedeutender Zuwachs unter den Männern des Gesetzes. Er hatte gar bald eine so große Praxis wie irgend einer der älteren, und gar bald mußte er sich einen Geschäfts-Theilhaber suchen. Bevor

Die verhängnißvolle Erbschaft. 95

ein Jahr vorüber war, war er einer der bedeu=
tendsten Advokaten von Quebec. Richter Armi=
tage beobachtete mit Vergnügen die Annäherung
des jungen Advokaten an seine Tochter.

Als Harry Harcourt in das Studirzimmer
des Richters trat, um die Hand seiner Tochter zu
begehren, sagte ihm der alte Herr, er gebe seinen
Segen von Herzen gern: „Es ist keiner, den ich
so hoch schätze, meiner Tochter so würdig, wie
Sie. Ich liebe Sie wie meinen Sohn, und
ebenso ist es mit meiner Frau, wir wissen, daß
Sie sie glücklich machen werden, Harry!"

„Mein ganzes Leben gehört ihr, Herr Armi=
tage, seit ich sie zum erstenmale gesehen. Ich
fühlte, ich bedurfte der Liebe eines Weibes wie
Clara ist. O wie hungerte ich nach solcher Liebe,
und jetzt, da ich sie gefunden und gewonnen habe,
da Sie mir Ihren Segen geben, will ich blos zu
ihrem Glücke leben."

„Ich weiß, Sie werden es, denn ich will Ihnen
im Vertrauen sagen, hätten Sie Ihre Liebe
einer Anderen zugewendet, ich glaube, es hätte
Clara getödtet. Meine Frau sagte mir vor ei=
nigen Wochen, daß Clara ihr Herz verloren, und
ein Mädchen wie Clara liebt nur einmal im Le=
ben. Sie hat uns noch keinen Augenblick Sor=

gen und Kummer bereitet, es ist Alles Liebe und Zuneigung an ihr. Möge Gottes Segen auf euch beiden ruhen."

Harry war glücklich in Clara's Liebe. Ein neues Leben schien sich ihm zu eröffnen. Er hatte nie zuvor geliebt; aber doch gab es Augenblicke, wenn er sie eben verlassen hatte, als ob eine Wolke sich über seinem Haupte sammle, und er fühlte Etwas wie einen inneren Vorwurf. Er hatte ihr nicht die ganze Geschichte seiner Eltern erzählt, denn es fehlte ihm der Muth. Er besorgte, sie könnte mißtrauisch werden, und er könnte es nicht ertragen, daß sie wissen sollte, wie er sein Leben lang zu kämpfen hatte gegen den Versucher. Bis jetzt hatte sie oft über ihn gelacht, daß er so streng sei, weder Wein noch Brandy zu trinken, und einmal hatte sie ihn gefragt, ob er zu den Temperenzlern gehöre, und als er mit dem Kopfe schüttelte, hatte sie erwidert: „Ich bin froh, denn ich halte es für Unsinn, dieses Gelübde zu unterschreiben, es ist nur gut für Narren, die mehr trinken, als sie vertragen können; ein Glas Wein schadet Niemand. Ich glaube wirklich, es würde dir gut thun, Harry, jetzt wo du so hart arbeitest. Vater sagt, du hättest genug Arbeit für ein halbes

Dutzend Mann und du säßest oft den größeren Theil der Nacht auf."

„Aber es wird nicht lange dauern, meine Liebe," meinte er, indem er sie fest an sein Herz preßte, „nur diesen Monat noch und du bist mein. Ich habe lange Feiertage in unserm Honigmonat und ein bischen harte Arbeit wird mir jetzt nicht schaden."

„Ich wollte, du ließest mich dir guten alten Portwein, den ich im Keller habe, holen," sagte der Richter eines Tages. „Du siehst so blaß aus und ein Glas, ehe du zu Bette gehst, würde dir gewiß gut thun, Harry, mein Junge."

„Ich danke trotz alledem, ich bedarf es nicht," erwiderte Harry, indem sein Gesicht blaß wurde, als er daran dachte, daß sein Compagnon vorgestern eine Flasche Brandy ins Büreau gebracht. Der Geruch hätte beinahe Harry's Entschluß gebrochen; aber noch zur rechten Zeit stürzte er auf die Straße und kehrte nicht mehr in sein Bureau zurück den ganzen Tag.

Einmal in Deutschland hatte ihn der Geruch trinken gemacht, und wäre sein Adoptiv-Vater und -Mutter nicht gewesen, wer weiß was aus ihm geworden, hätten sie ihm nicht das traurige Ende seines Vater, den frühen Tod seiner Mutter, deren Leben der Genuß dieses Giftes verkürzt, erzählt. Er hatte ihnen versprochen, nie mehr berauschende Getränke zu kosten. Er hoffte, daß der gütige alte Richter ihm den Wein nicht schicken würde, denn er fürchtete für sich selbst, daß er doch fallen könnte, ehe er sein Ziel erreicht, — d. i. ehe Clara sein Weib sei. Warum war er solch' ein Feigling? Warum sagte er ihr nicht Alles? Hätte er es gethan, sie gebeten ihn zu schützen, Niemand hätte ihn versuchen dürfen. Alles würde gut gegangen sein, aber leider schob er es auf, bis sie sein Weib war. Er sagte sich immer und immer wieder, er dürfe keinen Zweifel in ihrer Liebe erregen, denn er wußte, daß Clara ihn aus vollem Herzen liebte. Er mußte hart arbeiten, um es zu ermöglichen seine Praxis auf sechs Monate verlassen zu können, da sie nach der Hochzeit nach Europa reisen wollten. Richter Armitage und seine Frau sollten sie begleiten. Einige Tage vor ihrer Hochzeit, als Harry bei einem Besuche bei Clara sehr blaß aussah, sagte diese:

„Harry, ich werde dir morgen eine halbe Flasche Portwein senden und ich bestehe darauf, daß du wenigstens drei Gläser jeden Tag trinkst," fügte sie hinzu und strich ihm zärtlich

Die verhängnißvolle Erbschaft. 99

das Haar aus der Stirn. Sie fühlte, wie er zitterte, schrieb es aber jeder andern Ursache als der wahren zu.

„Um Gottes Willen, Clara," antwortete er, „thue es nicht, ich bitte dich;" dann als er ihren erstaunten Blick sah, fügte er hinzu: „Ich sähe es lieber, du thätest es nicht, mein Lieb; noch drei Tage und ich stelle mich ganz unter deine Fürsorge, zu thun mit mir, wie es dir gefällt, aber bitte, Herz, keinen Portwein."

Als er diesen Abend nach Hause gehen wollte, bat ihn Clara ja gleich zu Bette zu gehen.

„Ich muß noch eine Stunde aufbleiben," sagte er, „von übermorgen an kein Geschäft mehr für sechs Monate, denke nur, Clara, wie herrlich."

„Ich schicke dir den Portwein, wenn du keinen trinkst, wirst du krank werden."

Er schüttelte den Kopf und winkte ihr mit der Hand, sie konnte im Mondlicht sein trauriges Gesicht sehen, aber sie machte sich damals keine Gedanken darüber; später verfolgte sie sein trauriges Auge, wohin sie auch ging. Treu ihrem Versprechen schickte sie am Morgen den Bedienten mit sechs Flaschen Portwein, der schon Jahre lang in des Richters Keller gelegen hatte, der stark genug war, um mit zwei Gläsern den kräf=

tigsten Mann total betrunken zu machen. Als ihr Vater sah, was sie that, billigte er es: „Er braucht etwas, denn er arbeitet wie ein Pferd. Du mußt ihn nicht bei so verkehrten Ansichten lassen, keinen Wein zum Essen zu trinken, Clara. Dies ist der einzige Fehler, den ich an ihm finde; aber wenn er erst dein Gatte ist, mein Kind, kannst du alles ins Rechte bringen."

„Keine Sorge, Papa, ich nehme ihn dann in meine Hand," erwiderte sie fröhlich. Sie fühlte sich so glücklich, so froh; sie liebte ihn so sehr.

Zwei Tage flossen dahin. Sie hatte Harry gute Nacht gewünscht, sie sollte ihn morgen nicht eher als bis zur Kirche sehen. Er hatte so viel zu thun, um Alles für seinen Geschäfts=Theilhaber in Ordnung zu bringen.

Als der Brautanzug kam, war Clara mit Packen beschäftigt. Sie ließ Alles stehen, um es zu probiren. Eine der Brautjungfern half ihr. Als Alles fertig war, hörte sie die Tritte ihres Vaters, der früher heimgekommen war und nach seiner Frau rief.

Clara, hinreißend in ihrer strahlenden Schön=heit, ging hinaus, ihn zu überraschen, aber als sie ihn sah, stutzte sie, so aschgrau sah sein Ge=sicht aus.

Die verhängnißvolle Erbschaft. 101

„Welcher Unsinn," sagte er auf ihr Kleid deutend, „zieh' es aus, Clara."

Sie dachte, er hätte plötzlich den Verstand verloren, so wild sah er aus, als er nach ihrer Mutter fragte, die eben hereinkam. Sie stand sprachlos, als er die Mutter in ihr Zimmer zog, dessen Thüre er schloß, nachdem er Clara noch einmal gesagt, das Kleid auszuziehen. Sie sah, etwas mußte passirt sein, sie konnte jedes Wort hören, das drinnen gesprochen wurde.

„Emilie," begann ihr Vater, „du mußt sofort mit Clara abreisen, ich werde euch in ein oder zwei Tagen folgen. Es kann keine Hochzeit geben. Der Mensch ist ein Trunkenbold."

„Bist du von Sinnen?" sagte sein Weib, „sprichst du von Harry Harcourt?

„Ja, von keinem Anderm! Was denkst du, er wurde vor einer Stunde völlig betrunken in sein Büreau getragen. Er hat seit Morgen getrunken und man sagt mir jetzt (warum nicht früher?), daß sein Vater und seine Mutter sich zu Tode getrunken haben. Wir müssen Clara fortbringen, bevor die Sache stadtbekannt wird. Ein Dampfboot geht heute Abend ab; macht euch sobald als möglich fertig."

Clara stand vor ihrem Vater mit ausgestrecktem Arme. „Vater, hat er den Wein getrunken, den ich ihm sandte?"

„Ja, er trank davon. Es thut mir leid, daß du ihn gesandt; aber doch ist es besser, daß es jetzt geschah, als nach der Hochzeit. Ich sah zwei leere Flaschen, er und sein Compagnon müssen sie getrunken haben. Einer der Schreiber sagte mir, daß eine alte Frau früh am Morgen in dem Büreau ohnmächtig wurde und er den Pfropfen aus einer Flasche gezogen, um ihr ein Glas voll einzuschenken und sie wieder zu sich zu bringen; darnach werden sie wohl, wie ich denke, zu trinken angefangen haben. Dann gingen sie aus, und ich bin eben vorbei, als sie ihn heimtrugen. Ich ging zu einem Arzt und der sagte mir, er wäre total betrunken. Reiß sein Bild aus deinem Herzen, er ist deiner Liebe unwerth. Ich habe mich in dem Manne getäuscht," murmelte er, als er ging, um die Vorbereitungen für ihre schnelle Abreise zu treffen.

Clara verhielt sich ganz passiv, es war, als hätte sie den Verstand verloren. Keine Thräne kam ihr in die Augen. Bevor zwei Stunden vergangen waren, befand sie sich an Bord des Dampfers Windermere und am nächsten Tag, der ihr Hochzeitstag sein sollte, befand sie sich

Die verhängnißvolle Erbschaft.

weit auf der See, weit von ihm, den sie mehr liebte als ihr Leben.

Armer Harry! als er am nächsten Tage erwachte, wurde er sich bewußt, was er gethan. Er eilte zu ihrem Hause; er wollte ihr Alles sagen, bevor sie ihm das Jawort gab, aber der Diener sagte ihm, daß Clara mit ihrer Mutter in der vergangenen Nacht abgereist und daß der Richter ihn nicht sehen wollte.

Er war wie versteinert, ohne des Mannes Worte zu verstehen. Fort? wohin? fragte er.

"Nach Europa," antwortete der Mann, mit Bedauern auf den jungen Mann herabsehend, den er verehrte und wie seinen eigenen Herrn ansah. "Ja, Master Harry, sie ist fort. Ihr Vater reist mit dem nächsten Boote ab, ihnen nach."

Fort von ihm! Mit einem tiefen Seufzer rannte er die Treppe hinunter auf die Straße. Er ging hinaus zur Stelle, von wo der Windermere vor einigen Stunden abgefahren war; und da stand er nun und blickte hinaus auf die See, auf der seine Liebe, sein Leben schwamm; er hatte sie verloren auf ewig.

O Clara, Clara, was hast du gethan? Nun sinke ich schnell hinunter, hinunter. Ich habe nichts, Niemanden, wofür ich leben sollte. Du hättest mich vielleicht bewahren können vor der Sünde — vor jenem verhängnißvollen Erbtheil, das mir anhaftet mein ganzes Leben. Du meine erste, meine einzige Liebe, du halfst ohne es zu wissen, das fertig zu bringen, wogegen ich mein ganzes Leben gekämpft habe."

Er begab sich in seine Office, um seine Geschäfte zu ordnen und ein volles Bekenntniß an Clara aufzusetzen, über seine Eltern und Alles was ihn betraf. Er schickte den Brief in einen an den Richter eingeschlossenen ab, mit der Bitte, ihn an Clara abzugeben, denn er enthielte, was er ihr hätte schon früher bekennen sollen.

Der Richter las den an ihn addressirten Brief, aber den Claras steckte er in die Tasche.

„Es kann nichts nützen," sagte er, „ohne Zweifel macht er Entschuldigungen, aber er soll sie nie wiedersehen, wenn ich es hindern kann."

Der Richter reiste mit dem nächsten Dampfer ab. Eine Zeitlang war die plötzliche Abreise der Familie Stadtgespräch, und man erzählte sich viele Geschichten über die Ursache, die jedoch alle der Wahrheit nicht nahe kamen.

Obgleich man nun Harry Harcourt fast täglich betrunken sah, schloß die Gesellschaft doch die

Augen zu seiner schlechten Aufführung und er hätte in die besten Familien hinein heirathen können, wenn er gewollt hätte; aber für ihn, den Aermsten, gab es nur ein Weib und das hatte er durch seine Schwäche verloren.

Die Familie Armitage reiste zwei Jahre, um ihre geliebte Clara zu erheitern, aber alles umsonst. Dann kehrten sie heim nach Canada. Clara hatte nach Hause verlangt, denn obgleich ihres Verlobten nie mehr Erwähnung gethan wurde, dachte sie doch desto mehr an ihn. Sie hatte eine treue Freundin und von der hörte sie, daß er jetzt ein vollständiger Trunkenbold sei. „Er betreibt seine Praxis nicht mehr; Niemand gibt ihm Beschäftigung; ich bedaure ihn. Ich wollte, du wärest hier. Ich habe ihn zwei oder drei Mal an eurem Hause vorbeigehen sehen, wie er hinaufblickte nach den geschlossenen Läden deines Zimmers. Glaube mir, Clara, so schlecht der Mann auch sein mag, er hat etwas an sich, das wir selten finden. Er wird dich nie vergessen und wenn Jemand im Stande ist, ihn zurückzubringen, so bist du es. Du kannst ihn retten, Clara, sonst Niemand. Viele edle Männer, die im Dienste der Temperenz grau geworden sind, haben es umsonst versucht."

„Armer Harry, ich werde nie aufhören dich zu lieben, mag die Welt über dich sagen was sie will. Nie, niemals," murmelte sie, indem sie die Thränen abschüttelte, die ihr in die Augen kamen, als sie ein kleines Bild von ihm betrachtete, wie sie oft stundenlang that, wenn sie allein war.

Sie waren noch nicht lange zu Hause, als ihr Vater sie eines Tages nach einigen Papieren schickte, die in seiner Rocktasche sein sollten. Als sie die Papiere durchblätterte, fand sie einen Brief an sich addressirt, von Harry wohlbekannter Hand. Zitternd erbrach sie das Siegel und mit thränenden Augen las sie die volle traurige Geschichte seiner Eltern und seines lebenlangen Kampfes gegen dieses schreckliche Erbtheil, das sie ihm hinterlassen. „Ich kann ohne dich nicht leben, Clara," schrieb er, „die ganze Welt hat keinen Werth für mich ohne dich, aber zwischen uns hat sich der Fluch, den mir meine Eltern gelassen, gestellt als Scheidewand. Der Fluchbeladene kann dir nie seine Hand bieten. Ich fühle als ob mein Hirn in Feuer stünde, ich rase vor Reueschmerz. Noch vor wenigen Tagen hielt ich dich in meinen Armen, preßte dich an mein Herz und jetzt, jetzt

Die verhängnißvolle Erbschaft.

liegt der Ocean zwischen uns. Ich schaue, aber ich sehe nichts als Himmel und Wasser, die Segel von Schiffen. Meine Einsamkeit ist schrecklich, denn sie ist für immer; erst mit meinem Tode wird mein Unglück enden. Die glückliche Vergangenheit liegt hinter mir, was noch kommt, hat für mich keinen Werth. Ich sah meine Sonne untergehen, nun geht mein Weg abwärts, abwärts in's dunkle Thal, wo keine Blumen blühen. Ich habe nichts mehr zu erwarten als einen kalten Stein und eine Hand voll trockenen Mooses.

Des Himmels beste Gabe — Hoffnung und Liebe — ich muß sie wegwerfen und mit manch traurigem, gebrochenem Blick auf mein verlorenes Paradies dahingehen, hoffnungslos, verzweifelnd, ungeliebt von Gott und den Menschen, bis die kalte Erde mich deckt. Wie viel glückliche Träume hatte ich in meiner Jugend, helle Bilder der Hoffnung; sie alle waren verwirklicht in dir, du, meine einzig Geliebte. Du wirst mich unwerth halten, selbst deinen Namen zu hauchen. Clara, du bist mir verloren, verloren für immer."

Als sie so lange nicht zurückkam, kam ihr Vater, um zu sehen, was sie so lange aufhielt und fand sie nun im heftigsten Seelenschmerz, zu tief bewegt zum Sprechen.

„Vater," schrie sie endlich, „warum habe ich diesen Brief nicht eher erhalten?" und reichte ihm den Brief, den Niemand lesen konnte, ohne das tiefste Mitleid mit dem armen Verlorenen; gegen den mehr gesündigt wurde als er sündigte.

„Was hätte es genützt?" sagte ihr Vater, „ich hielt ihn absichtlich zurück."

„Du hattest kein Recht, ihn zu behalten," rief sie, „denn hätte ich Alles dieses eher gewußt, ich hätte ihn schon lange gefunden, meinen armen, armen Harry."

„Nicht doch, Clara, weine nicht so," sagte ihr Vater, „er verdient keine einzige dieser Thränen. Er hat seine Praxis verloren und das glänzende Vermögen, das ihm Dr. Merton hinterließ, durchgebracht."

„Es macht nichts aus, Vater, wie schlecht er ist, oder wie tief er gesunken ist, ich rette ihn, wenn ich ihn finde. Es kümmert mich nichts, was die Welt sagt, mein Platz ist an seiner Seite."

„Das heißt, du willst ihn heirathen mit dem vollen Bewußtsein, was du thust?"

„Ja, ich werde es thun; zuerst will ich versuchen ihn zu bessern und dann wenn er mich noch liebt, werde ich ihn heirathen, damit ich immer über ihm wachen kann."

„Und ist das der Dank, den ich bekomme für Alles, was ich an dir gethan habe? Wenn du noch einmal so zu mir sprichst, Clara," rief der Richter drohend, „so verstoße ich dich für immer."

„Ganz gut, Vater, es thut mir leid, dir zum ersten Male nicht zu folgen, aber diesmal werde ich der Stimme meines Herzens gehorchen, da ich weiß, daß mein Platz an seiner Seite ist, sobald ich ihn nur finde."

Nichts mehr wurde über ihn gesprochen. Ihr Vater hatte Erkundigungen eingezogen und gehört, daß er die Stadt verlassen und so vertraute er, Clara würde ihn vergessen. Doch er irrte sich; eine magische Gewalt hatte ihn zurückgetrieben. Wer kann sagen, daß nicht Gottes Finger es war, der ihm den Weg wies; denn er hatte nichts von ihrer Ankunft vernommen, aber doch durchstreifte er die Gegend, in welcher der Richter wohnte.

Als Clara eines Tages von einem kurzen Besuch außerhalb der Stadt zurückkehrte, traf sie ihn in dem tiefen Schlaf eines Trinkers unter einem Baume in der heißen Sonne liegend. Nachdem der erste Schreck des Wiederfindens vorüber war, kniete sie nieder und bat Gott um seine Hilfe, ihn vom ewigen Tode zu retten; dann nahm sie ihr Taschentuch, in das ihr Name gestickt war, deckte es über sein Gesicht und verließ ihn im Vertrauen auf Gottes Hilfe.

Diese That wirkte wie ein Zauber auf den Aermsten. Als er erwachte und das Taschentuch fand, da wußte er, daß sie hier gewesen, und bittere Thränen eines zerschlagenen Herzens kamen in seine Augen.

An jenem Abend noch ging er zu einem Herrn, der schon früher Versuche zu seiner Besserung gemacht hatte, und erzählte ihm Alles und bat ihn, er möchte ihm eine Unterredung mit Clara verschaffen und ihn an der Hand führen zu neuem Leben.

Der barmherzige Samariter nahm ihn in sein eigen Haus und ging selbst am nächsten Tage zu Clara. Als er sie in das Zimmer brachte, wo Harry saß, und sie in seinen ausgestreckten Armen lag, umfing ihn erst eine tiefe Ohnmacht.

Stundenlang saßen sie dann beisammen und plauderten von der Zukunft, eines das andere um Verzeihung bittend, denn Clara fühlte wohl, daß sie eine große Schuld hatte an seinem Falle

Die verhängnißvolle Erbschaft.

und daß er eben so viel zu vergeben hatte wie sie. Sie trennten sich für kurze Zeit und sie ging, um ihre Eltern zu benachrichtigen, daß sie ihn gefunden und daß sie auch sogleich sein Weib werden wollte.

Ihre Mutter freute sich es zu hören, aber der Vater raste und tobte, indem er sagte, ein Trunkenbold könnte sich nie bessern, er sei ein Bettler und so fort. Doch sie blieb fest und erhielt endlich die Erlaubniß, Harry in's Haus zu bringen, und als er kam Verzeihung erbittend, da fühlten die Eltern wohl, daß mit Gottes Gnade und Clara an seiner Seite er in Zukunft fest bleiben werde.

Ihre in ein paar Tagen erfolgte Verheirathung feierten sie sehr stille. Viele ungünstige Bemerkungen wurden gemacht, doch die beiden Hauptbetheiligten kümmerten sich wenig um die Meinung der Welt, sie hatten sich, nach langer, harter Prüfung. Auf ihrer Hochzeitsreise besuchten sie Montreal und besuchten das Grab von Harry's Eltern. Dort stehend, Hand in Hand mit seinem Weibe, gab Harry Harcourt nochmals das feste Versprechen, so lange er lebe, nie wieder berauschende Getränke zu trinken. Und er hat nie dieses Gelübde gebrochen.

Sechstes Kapitel.

Als Harry Harcourt zuerst nach Canada zurückgekehrt war, hatte er Nachforschungen angestellt nach Dr. Merton's altem Freunde, Herrn Gregory. Es hieß, sie wären nach Ober-Canada gezogen und daß er einer der besten Verfechter der Temperenz geworden, indem er Andern den Weg der Rettung zeigte. Als Harry verlobt war, vergaß er zum Theil das Versprechen, das er seinem Adoptivvater gegeben, ihn aufzusuchen. Als er selbst nun den Weg des Verderbens wandelte, ging er jedem aus dem Wege, von dem er dachte, er könne ihm Temperenz predigen; aber nach der Hochzeit erzählte er seiner Frau Alles, was er von ihnen wußte.

„O laß sie uns suchen," sagte Clara, „sie werden sich freuen dich zu sehen und du kannst Herrn Gregory erzählen, wie du gerettet wurdest."

Auf angestellte Erkundigungen hin erfuhren sie, daß er auf einer Predigtreise begriffen sei und vor einer Woche nicht zurückkehren werde. Sie wollten sich bei Frau Gregory in Beech Grove, so hieß der Ort wo sie wohnten, nicht vorstellen; sie sind erst vor einigen Wochen wieder dahingezogen, erklärte ihnen der Wirth des Hotels; der Platz ist ihr von einem Onkel vermacht worden. Herr Gregory verkaufte ihn und verthat jeden Cent; jetzt, seit er sich geändert hat, hat er alle seine Schulden bezahlt und den Platz zurückgekauft; er verausgabt große Summen zum Zwecke der Temperenz.

So verfolgten sie denn ihre Reisetour weiter, mit dem Gedanken, sie bei ihrer Rückkehr von Kingston zu besuchen. Dort hatte nämlich Harry ein Gut, das er verkaufen wollte, um mit dem Gelde in Quebec von neuem zu beginnen.

Eines Abends während ihres Aufenthaltes war eine Temperenzrede angezeigt. Sie gingen um den tüchtigen Redner zu hören. Der Saal war voll, als sie eintraten, und ein älterer Herr hielt eine Rede über seinen eigenen Fall, jeden dringend ermahnend, das Gelübde zu unterzeichnen. Er sagte:

„Ist irgend Jemand anwesend, der nie gelit=

ten in Folge von Gebrauch von berauschenden Getränken, sei es an seiner eigenen Person oder in lieben Freunden und Verwandten, würde ich einer solchen Person dankbar sein sich zu erheben. Ich denke, meine Freunde, wenn man diese Frage der ganzen Welt vorlegte, man könnte unmöglich Mann, Frau oder Kind finden, die ehrlich und aufrichtig sagen können, sie hätten niemals gelitten, direkt oder indirekt, durch den Gebrauch von berauschenden Getränken. Die, welche am meisten leiden, sind der unschuldigste Theil im Gemeinwesen, Weiber, Töchter und Kinder. Wenn das Uebel blos den berührte, der selbst darin steckt, ich glaube kaum, daß ich je hierher gekommen wäre, um einen Mann zu überreden, es aufzugeben, indem ich ihn überzeugte, daß er sich selbst Schaden thäte. Aber wenn ein Mann sich diesem Laster ergiebt, so ist er entweder Vater oder Sohn, er hat Verwandte, Frau und Kinder, die auf sein Beispiel sehen und auf seine Unterstützung angewiesen sind. Er schadet ihnen durch sein Handeln, nicht allein durch sein Beispiel, sondern er raubt ihnen auch alle Hilfe und Trost und bereitet ihnen große Schmerzen und Leiden. Ihr und viele Andere werden mir sagen, sie seien mäßige Trinker.

Es macht euch nichts aus, ob ihr ein oder zwei Glas trinkt, ihr habt kein besonderes Gelüste darnach. Ich möchte euch sagen, ihr seid Steine des Anstoßes im Gemeinwesen, jeder Mann hat Einfluß, je höher er steht, desto größer ist sein Einfluß. Sie, ein angesehener Herr, Glied einer Kirche, die Leute sehen auf Sie, auf Ihr Beispiel, deshalb sind Sie ein Stein des Anstoßes. Wer seid Ihr mäßigen Trinker, die Ihr nie zuviel trinken werdet? Was habt Ihr, das Euch retten, schützen wird, Trinker zu werden? Wollet Ihr mir sagen: „Ich habe mir vorgenommen, nie im Uebermaße zu trinken?" Ich sage Euch, auch ich dachte einst so. Ich hielt mich für einen zu guten Mann, als daß ich je ein Trunkenbold werden könnte, und es handelte sich nur um eines Haares Breite, daß ich gerettet wurde. Kein Mann, außer wenn er sich vollständig enthält, kann sagen: „Ich werde nie als Trunkenbold sterben." Die Leute, die sich dem Trinken berauschender Getränke hingeben, haben einen gesellschaftlichen Trieb in sich, sie lieben es zusammenzukommen, sich Geschichten zu erzählen, die Zeitungen zu lesen u. s. w.; tüchtige, liberale Männer, die höhere gesellschaftliche Eigenschaften besitzen, als ihre Nachbarn, das sind die Männer, die am ehesten fallen. Ich könnte Euch viele Beispiele vorführen — doch nur eins will ich erzählen. Ich hatte einen Freund, einen gebildeten Herrn, in jedem Sinne des Wortes, der eine hohe Stellung in der Stadt Montreal inne hatte. Er war mit einem Mädchen aus einer der besten Familien verheirathet. Doch seine Frau, die von Jugend auf an Wein gewöhnt war, mußte auf des Doktors Verordnung Brandy nehmen, und sie bekam solchen Geschmack daran, daß sie sich vollständig jenem Laster ergab. Ein Kind starb; doch hatten sie noch ein zweites, einen Knaben. Doch schon vor seiner Geburt hatten sich Vater und Mutter dem Dämon des Truntes in die Arme geworfen. Der Vater sank in das frühe Grab eines Trinkers, die Mutter besserte sich, aber jenes Gift hatte ihre Tage verkürzt, sie starb bald, eine bereuende Sünderin. Der Knabe blieb bei eben jenem Arzte, der den Brandy verordnete, mag er am Leben und jetzt ein Mann sein, das weiß ich gewiß, aber er wird scharfe Wache zu halten haben, denn ohne Zweifel wird er geerbt haben, was für ihn ein sehr verhängnißvolles Erbstück sein wird. Wenn ich wüßte, wo ihn zu finden, ich

Die verhängnißvolle Erbschaft. 117

würde hunderte von Meilen reisen; denn sein Vater war mir ein so gar theurer Freund. Und obgleich ich seinen Fall wußte, und wie er starb, wurde ich doch selbst ein Trunkenbold und diente jahrelang dem Teufel, und nur das Opfer meines einzigen Sohnes brachte mich zur Umkehr. Und nun zum Schluß, meine Freunde, bitte ich euch alle, helft mir jenes um sich fressende Uebel vertilgen, und wenn wir Erfolg haben, beseitigen wir das schlimmste Verderben und Elend aus unserem geliebten Canada. Reißt es aus, und das Gemeinwesen wird blühen und prangen wie eine Rose. Gott gebe, daß es so komme!"

Während des letzten Theiles der Rede hatte Harry seiner Gattin zugeflüstert: „Das ist Herr Gregory, er spricht von meinen Eltern und mir, laß uns auf die Platform gehen und ihm sagen, wer wir sind." So gingen sie denn, als Herr Gregory den letzten Satz gesprochen. Vorne auf der Platform stand Harry still und sagte: „Ich weiß, Sie sind Herr Gregory, und ich bin Harry Harcourt, der Sohn Ihres Freundes. Ich habe, Gott weiß es, all mein Leben lang gekämpft gegen Unmäßigkeit, aber ohne Zweifel hätte ich eines Trunkenbolds Grab gefunden, hätte mich nicht die Hand eines Engels gerettet, der nun

mein Weib ist." Als er mit diesen Worten sein
Weib vorstellte, war die Wirkung eine stürmische,
Alles sprang auf die Füße, während Herrn Gre=
gory die Rührung fast übermannte, hier den
Knaben zu finden, von dem er heute Abend er=
zählte. Es war eine ergreifende Scene. Harry
beschwor in einigen Worten Alle, das Trinken
aufzugeben, und forderte die Mütter auf, es aus
ihren Häusern zu verbannen. Viele vergossen
Thränen, und als der Vorsitzer sich erhob und
Die aufforderte vorzutreten, die das Gelübde un=
terzeichnen wollten, fand sich eine größere Zahl,
als je zuvor.

* * *

Es war ein lieblicher Tag im Juni, als eine
große Gesellschaft Montreal in einem Dampf=
boot verließ, das an der kleinen Werfte, wo einst
ein Schooner zwei Herren und einen Schiffer
landete, anhielt und seine Passagiere abgab.
Ihre Bestimmung ist Beech Grove, der hübsche
Sommeraufenthalt H. Gregory's. Sein Weib,
er und seine Töchter stehen am Ufer, ihre Gäste
zu bewillkommnen. Ein alter Bekannter steht
bereit zur Hilfe, als der Dampfer die Werfte
berührt; es ist der alte Diener H. Gregory's,
Dennis, der einst so treu und fleißig die Farm

Die verhängnißvolle Erbschaft. 119

bearbeitete. Statt 6 hat er nun 25 Acker zu bebauen, da Herr Gregory noch das angrenzende Land dazu gekauft hat. Lange Tafeln sind aufgesetzt unter den Buchen, wo die Diener schon eine gute Weile beschäftigt waren, Alles herzurichten. Eine große Flagge wehte vom Hause herab, und ein schön geschmückter Triumphbogen in der Front des Hauses trägt das schönste Motto, von dem wir hoffen, daß Alle es lesen und zu Herzen nehmen: „Was wird Canada zu einem glücklichen Land machen? Mäßigkeit und Nüchternheit." Unter den Gästen sahen wir Richter Armitage, sein Weib, seine Tochter mit ihrem geliebten Gatten, einen der bedeutendsten Rechtsgelehrten. Und als sie sich nun alle an an der reichbeladenen Tafel niederlassen, sieht es aus, als ob sie Alle eine große, glückliche Familie bildeten. Nun, da wir Abschied nehmen von ihnen, richten wir unser Auge nochmals auf das Motto, von dem die Erzählerin wünscht, daß es in jedem Hauswesen obenan stünde: „Was macht unser Land zu einem glücklichen Land? Mäßigkeit und Nüchternheit."